アンドリュー・ピーターソン
水野涼 訳

相剋のスナイパー

FIRST TO KILL

ANDREW PETERSON

上

竹書房文庫

相剋（そうこく）のスナイパー〔上〕

二四年来の親友でもある妻のカーラへ

主な登場人物

ネイサン（ネイト）・ダニエル・マクブライド……警備会社経営者。元海兵隊及びＣＩＡ
ハーヴィー（ハーヴ）・フォンタナ……ネイサンの共同経営者。元ＣＩＡ
フランク・オルテガ……元ＦＢＩ長官
グレッグ……フランクの息子。ＦＢＩ職員
イーサン・ランシング……ＦＢＩ長官
ホリー・シンプソン……ＦＢＩ主任捜査官
ブルース・ヘニング……ＦＢＩ特別捜査官
レナード・ブリッジストーン……武器密輸組織のリーダー
アーニー・ブリッジストーン……レナードの弟
サミー・ブリッジストーン……レナードの末弟
マシュー（ストーン）・マクブライド……ネイサンの父。上院議員

プロローグ

窓からもれるあたたかい光とは裏腹に、山小屋の中では悲鳴があがっていた。梱包用のワイヤーで椅子に縛りつけられたFBI特別捜査官はぼろぼろだった。両目は腫れて開かなくなり、頬骨は折れ、歯は欠けている。切断された六本の指は蹴飛ばされ、板の床に散らばっていた。煙草と、肉の焦げたにおいが充満している。捜査官の両腕と胸には、小さな焼き印のような火傷の跡が無数にあった。身もだえしたせいで、ワイヤーが当たっている手首と足首が切れて出血している。

「また気絶した」アーニー・ブリッジストーンは、捜査官の髪をつかんで引っ張った。元教練教官のアーニーは長身で引きしまった体つきをしていて、黒い髪は短く刈ってあり、頬ににきび跡がたくさんある。

「放っておけ。もうじゅうぶんだろう」レナード・ブリッジストーンは弟よりもさらに背が高く、体重も二七キログラム多い。ふたりとも血しぶきのついたTシャツと作業服、軍靴を身につけているが、それ以外に共通している点は薄い青の目だけだ——母からの遺伝だ。父からは口に出せないようなものを受け継いでいる。

アーニーは捜査官を放した。「おれだったらここまで長くは持たなかっただろうな」

「それを確かめる機会がないといいな」レナードは元陸軍特殊部隊員（アーミー・レンジャー）で、湾岸戦争で銀星章（シルバー・スター）とふたつの名誉負傷章（パープル・ハート）を、撃墜されたホーネットの操縦士を救助したことで海軍十字章を授与された。彼は五ガロン缶をつかむと、中身を室内にまきはじめた。最後の二ガロンは、捜査官に頭上から注（そそ）ぎかけた。捜査官は身震いし、うめき声をもらした。

ガソリンの刺激臭が広がり、雨脚が強まっていく。窓の外が一度、二度白く光ったと思うと、雷鳴がとどろいた。

「何もこんなとこを照らさなくたって」アーニーが言った。

レナードはカーテンを開け、夜明けの近づいたシエラネヴァダ山脈を見渡した。

「残り時間は最大で三日だ。最後に連絡したのは五日前で、少なくとも週一回の報告が義務づけられていると、こいつは言っていた」

「昨日、こいつが町にいるのをレスターが見たそうだ。すでに報告したかもしれない」

「いや、それならそう言ったはずだ。指を二本切り落としただけで、ＦＢＩ捜査官だと吐いたんだ。これだけのことを、五時間も耐え抜いて黙っていられるやつなどいやしない」

アーニーが捜査官の顔につばを吐きかけた。「こいつにはめられたなんて、いまでも信じられない」

「失敗に終わったけどな」

アーニーがテーブルに置いてあった血まみれのペンチやワイヤーカッターやアイスピックを手に取った。

「置いていけ」

「極上品だぞ」

「だめだ。怒りで判断を誤るな。これは復讐(ふくしゅう)じゃないんだ」

「ああ、そうだろうよ」

「あきらめろ、アーニー」

「こっちの身にもなれ」アーニーはペンチを放り投げた。

弟には怒るだけの正当な理由がある。レヴンワース砦(とりで)にあるアメリカ合衆国教化隊(USDB)に収監されて三年目に、アーニーは煙草をひと箱盗んだせいで囚人たちに殴られ、死にかけた。医務室で一四週間過ごし、最初の二週間は昏睡(こんすい)状態だった。

捜査官が身動きし、うめき声をもらす。レナードはそばへ行き、キャッチャーのようにかがみこんだ。「何か言い残したことはあるか？」

「さっさと……殺してくれ……」

レナードは弟を見やった。

「だめだ。もっと苦しめばいい」

「もうじゅうぶんだろう」レナードはうしろにさがると、四五口径の拳銃を抜いて狙いを定めた。ところが、引き金を引く前にアーニーが兄を押しのけ、マッチの束に火をつけた。

「おれがやる」

「アーニー、やめろ！」

アーニーはサイコロを投げるように、マッチの束を放った。シューッという恐ろしい音がした。

捜査官が燃えあがり、上を向いてわめいた。

レナードがふたたび拳銃を構えると、アーニーがその手をつかんでドアのほうへ引っ張っていった。

どうせいまさら殺してやっても、たいした違いはない。ふたりは燃え盛る炎から離れ、外に停めてあるブロンコへ向かった。レナードが運転席に座ったあとも、アーニーは雨の中に立ちつくして炎を見つめていたが、やがて熱さに耐えられなくなって車に乗りこんだ。

レナードが口を開くと、アーニーがさえぎった。「兄貴は間違っている」目をぎらぎら輝かせながら言った。「これは復讐なんだ」

1

ネイサン・ダニエル・マクブライドは、サンディエゴにあるクラウン・プラザ・ホテルのベッドで大の字になり、天井を見つめていた。ため息をつき、遠い昔を思いだしながら、顔にある三本の深い傷跡に触れた。一番長い傷跡は左耳から始まって頬を走り、顎(あご)の先まで続く。二番目は額の上から斜めに走って鼻梁(びりょう)を横切り、左頬まで伸びている。一番短いのが最も醜く、こめかみから顎までアーチ形にえぐられていた――これもチャームポイントと言えなくもない。身長一九五センチメートル、体重一〇九キログラムで、常に体調を万全に保っている。四五歳の誕生日を目前に控えていた。

寝返りを打って、隣に寝ている女に寄り添った。ネイサンとは対照的に、マーラの肌は傷ひとつない。やさしい茶色の目と黒い髪が、運動選手のような体形を引きたてている。二〇代半ばで、目の覚めるような美女だ。とはいえ、彼が最も気に入っているのは、彼女の寡黙なところだった。

「きみには本当に感謝している」

マーラが脚をネイサンの腰に滑らせた。「感謝しているのはわたしのほうよ。あなたはほかの男たち。ネイサンはその言葉に頰を打たれたような気がした。だが文句を言う権利はない。マーラは売春婦で、ネイサンは客なのだから——大勢いる客のひとりだ。八カ月前から週に二回会っているとしても、空虚な関係にすぎない。どこにもたどりつかない。彼女は最高に美しいが、自分は……何者だ？　この傷跡のせいで醜いのか？　それとも、かつてしていた仕事のせいか？　海兵隊に入隊しなければ、いま頃どんな生活を送っていただろう？　妻と子どもがいて、家を築いていたかもしれない。ただの住みかではなくて、目的意識や帰属意識が持てる本物の家を。だがそんなことを考えてもしかたがない。彼は大学を出たあと海兵隊に入隊し、天賦（てんぷ）の才能を発揮した。すぐに射撃の腕を認められ、前哨狙撃兵（スカウト・スナイパー）を七年間務めたのち、ＣＩＡに引き抜かれた。

　しかし一〇年以上前、任務に失敗し、キャリアが絶たれた。残虐な尋問者にとらえられ、三週間拷問（ごうもん）にかけられたのだ。ニカラグアの尋問者は、ネイサンを感謝祭の七面鳥のごとく切り刻んだ。胴体に十字の傷跡が二センチから三センチ間隔で網目のようについている。しまいには、窮屈な細長い檻（おり）に入れられ、ずっと立っているしかなかった。四日間飲まず食わずで、足の痛みに目がくらみ、感染症と熱に打ちのめされ、何度も意識を失った。

「何考えてるの？」

「えっ？」

「またぼんやりしていたわよ」

「ごめん」

マーラが人差し指で彼の胸の傷跡をなぞった。

「幸せか、マーラ？」

「どうしたの？　そんなこときくなんて」マーラは微笑んだが、目は笑っていなかった。「金曜日、会えなくなったわ」

ネイサンは体を起こした。「どうして？　何かあったのか？」

「何もないから、大丈夫。ほかの人と会わなければならないの。製薬会社のお偉いさん。カレンのお膳立てよ」

「マーラ、金が必要なら……」

マーラが彼の唇に指を当てた。「もうじゅうぶんもらっているわ。お金の問題じゃないの」

「おれの会社で働いたっていい。アパートメントも用意するよ。この仕事はやめたほうがいい。危険すぎる」

「心配してくれてありがとう。また来週会える？」

そのとき、ベッドサイドのテーブルに置いていた携帯電話が鳴った。ネイサンは電話に出た。

「ネイサン？　カレンよ。例の大男がまた来て、シンディーが捕まったの！」

「七分でそっちに行く。テラスに出てこられるか？」

「たぶん」

「そうしてくれ。明かりは全部消すんだ」

二分後、ネイサンはマーラをうしろに従え、ホテルのロビーを早足で歩いていた。ガラスの自動ドアを通り抜け、マスタングに向かって走る。マーラのハイヒールの音が響き渡った。

車に乗りこみ、西に曲がってホテル・サークル・ノースに入ると、時速八〇キロメートルまで加速した。マーラがあわててシートベルトを締め、ネイサンは対向車線に入ってSUVを追い越した。

「あの男のことはもう片づいたんだと思っていたわ」

「おれの警告が理解できていなかったらしい」

「どうするの？」

「さらに厳しい警告を与えてやる」

赤信号を無視し、タイヤから煙を上げながら、八号線に合流した。一〇秒後には時速一二八キロメートルまで速度を上げ、モレナ・ブールバールの高架道の下を疾走していた。そして、ミニバンのあとについて五号線に入ってから、時速一七六キロメートルまで加速した。

カレンの電話を受けてから四分が経過していた。四分あればいろいろなことが起き得る。そこで思考を中断し、運転に集中したとき、ふたたび携帯電話が鳴った。画面に表示された共同経営者の名前を見て、ネイサンは電話に出た。夜遅く連絡してくるとは、何かあったのだろうか。「大丈夫か？」

「えっ？」ハーヴィーが答えた。「ああ」

「いま取り込み中なんだ」

「そっちこそ大丈夫なのか？」

「一〇分後にまた話そう」

「了解」

カレンが警察ではなく自分に電話をかけてきたことに、ネイサンはプレッシャーを感じていた。警察に通報することもできたのに。彼女が売春を斡旋していることはばれていないはずだ。女の子たちはみなマナーがよく、落ち着いている。覚醒剤やヘロインのために二〇ドルで客を取る街娼とは違って、知的で洗練された高級コンパニオンだ。それに、小さな組織だから、誰かに告発されたこともない。カレンがネイサンに電話をかけたのは、彼がマーラやほかの女の子たちの用心棒代わりだからだ。数年前、個人的に、最先端の防犯システムをカレンの家に設置してやった。

　高速道路を出たときに時計を見た。六分経過。時間がかかりすぎている。

　一時停止の標識で減速したあと、時速九六キロメートルまで加速した。

「ネイサン！」マーラが叫んだ。

　茶色の猫が左手から飛びだしてきた。道の真ん中で急に立ちどまり、凍りついたように動けなくなっている。ヘッドライトに照らされた青緑色の目が、小さな懐中電灯のように見えた。ネイサンはすかさずハンドルを右に切ってよけた。

「轢(ひ)いたか？」

　マーラが振り返って確かめた。「大丈夫。いまもそこにいるわ」

　ネイサンはふたたび車を中央に寄せると、曲がり角の手前で急ブレーキをかけた。三〇秒後、カレンの家から約五〇メートル北の地点に駐車し、エンジンはかけたままにした。酷使したから冷却する必要がある。

「ここで待ってろ。数分経(た)ったらエンジンを切ってくれ」手を伸ばしてグローブボックスを開け、シグ・ザウエルＰ２２６の九ミリ拳銃を取りだした。車から降りると、ホローポイント弾を薬室(チャンバー)に込めたあと、デコッキングレバーをさげて撃鉄を戻した。銃をブルージーンズの腰にはさみ、歩道を全速力で走る。数軒の家を通り過ぎ、犬に三回吠えられたあと、あたりはしんと静まり返っていた。オレンジ色の街灯の下、通りに置かれた胸の高さまであるゴミ箱が、番兵のように見えた。

カレンの家の私道に、オフロード仕様のピックアップトラックが停まっていた。オーバーサイズのタイヤを装着し、運転席の上のロールバーにフラッドライトがついている。ネイサンはあきれて首を横に振った。何もかも大きすぎるし、秩序がない。持ち主と同じだ。庭でいったん立ちどまって耳を澄ましてから、暗い窓に近づいて耳を押し当てた。音楽も、争う声も、何も聞こえてこない。

側庭にまわり、門の内側に手を伸ばしてロックを外した。門を静かに開けて家の角へ行き、タマサボテンのプランターの上からのぞきこむと、寒そうに自分の体に腕をまわしているカレンが見えた。ネイサンが小さく口笛を吹くと、駆け寄ってきた。

「どんな状況だ?」

「中にあいつとシンディーがいるわ」

「どの部屋だ?」

「わからない」

「シンディーは暴力を振るわれたのか?」

「わからないってば!」

「通りの向こうにおれの車が停めてある」

「シンディーを置いてはいけないわ」

「あとはおれに任せろ」

「ネイサン――」

「カレン、頼むから行ってくれ」

シンディーが残忍な仕打ちを受けているところを想像すると、怒りがわいてきた。アドレナリンがみなぎり、圧倒されそうになる。ネイサンは目を閉じ、ゆっくり呼吸をして、手の力を抜いた。そうして心を落ち着かせてから、シャツを脱いでテラスに放った。敵につかませないためだ。

銃を抜き、家のうしろの壁に沿って歩いた。物音をたてず、無駄のない動きで、ひとつひとつの窓の前で立ちどまって耳を澄ました。静まり返っていて何も聞こえない。鉢植えやテラスの家具の合間を通り抜け、ガラスの引き戸に近づいた。なんの気配もない。ネイサンは家の中にそっと足を踏み入れた。

声が聞こえた。男の声だ。廊下の先の閉じたドアの向こうから、くぐもった声が聞こえてくる。

さらにアドレナリンが噴出するのを感じたが、うまく制御し、かすかに笑みを浮かべた。ここはネイサン・マクブライドの出番だ。

だが、平手打ちの音が聞こえてきた瞬間、笑みは消えた。ネイサンはドアを蹴り開けた。シンディーは部屋の隅で服を着たままうずくまっていた。左頬が赤くなっている。

彼女の前で身をかがめていた男がぱっと振り返り、目をすがめた。「おまえか」

「ああ、おれだ」

記憶どおり、男は筋骨隆々としていて、ネイサンよりも三、四センチ背が高かった。スキンヘッドで、砂時計のように腰がくびれている、用心棒によくいるタイプだ。普通の人なら怖気（おじけ）づくだろうが、ネイサンにしてみれば、一三五キログラムのハンバーグステーキに両生類の脳がついた男にすぎなかった。

ネイサンは男に歩み寄り、銃を持っていないほうの手で頬を打った。そして、うしろにさがり、男の反応をうかがった。

男はネイサンと目を合わせた。銃を一瞥（いちべつ）したあと、ふたたび目を見た。

「なんだ？　これか？」ネイサンは銃を男の足元に放った。

男は困惑の表情を浮かべ、銃を見おろしながら、親指と人差し指で小鼻をこすった――コカインをやっているのだ。

もしこの男が正気なら、とっくに降参しているだろう。エイリアンと素手で殴り合いをしてきたかのような全身傷だらけの男を目の前にしているのだから。だが、コカインのせいでまともに考えることができない。それに、勝ち戦（いくさ）に慣れているに違いない。今日でその考えも変わるだろう。

　男は足元に転がっている銃は拾わず、頭を低くして突進してきた。

　ネイサンはその動きを読み取った。

　一歩横によけると、男は壁に頭から突っこんだ。ネイサンが尻を蹴りつけてさらに壁にめりこませると、男はうめき、悪態をつきながら体を起こした。

　ネイサンはうしろにさがった。「ここはせますぎる。リビングルームで決着をつけないか？」

「ああ」

　ネイサンはドアを指差して脇によけ、男を先に寝室から出させた。そして、シンディーにここにいるよう言ってから、安全な距離を置いて男についていった。男がリビングルームに続く角を曲がって見えなくなったとき、金属音が聞こえてきた。

　火かき棒の音だ。

　ネイサンは足音をたてながらゆっくりと歩いていき、角の一メートル手前で立ちどまった。すると、火かき棒が飛びだしてきて、壁に突き刺さった。そのまま歩きつづけていたら刺されていただろう。ネイサンは男の腕を蹴り、壁に押しつけて尺骨と橈骨を折った。男の手から力が抜け、火かき棒が床に落ちた。

「痛いだろう」ネイサンは言った。「降参するか？」

リビングルームに足を踏み入れると、男がふたたび襲いかかってきた。驚くほど機敏な動きだったが、ネイサンのほうが早かった。

ネイサンは身をかがめ、全力で男を投げ飛ばした。

男が床にぶつかってうめき声をもらした。寝返りを打って腹這い(はらば)になり、起きあがろうとしたあとで、片方の腕が使えないのに気づいて驚いている様子だった。

「折れてるぞ」ネイサンは言った。

「殺してやる。おまえはもう死んでいる」

ネイサンは両腕を広げ、自分の体を見おろした。

男はなんとか立ちあがると、ネイサンに飛びかかって、顎に左ジャブを入れようとした。ネイサンは頭をさっと右によけて、左肘で男の鼻を打った。見事命中。これを食らって平気でいられる人間はまずいない。パーティーは終わった。消灯。ベビーシッターを家に帰す時間だ。ところが、男は鼻をぬぐうと、目を細めて指についた血を見た。

「おまえの鼻は一三度くらい右に曲がっていた」ネイサンは言った。「これでまっすぐになった。礼はいらないよ」

男は折れていないほうの手で倒れていた椅子をつかみ、投げつけた。ネイサンが身をかわすと、椅子は背後のガラスのドアをぶち破った。

男は気が触れたようにわめき、なおも襲いかかってきた。

だが失敗に終わった。

男はコーヒーテーブルの角につまずいた。そして、ひっくり返った椅子の上に倒れこんで、左目を椅子の脚の底にまともにぶつけた――一三五キロの重みをかけて。しかし幸い、目は眼窩から飛びでていなかった。

男は胎児のように体を丸め、折れていないほうの手で目を覆った。

ネイサンはその場の緊張がほどけていくのを感じた。

戦いは終わった。

そのとき、母がよく言っていた言葉が頭をよぎった。〝なんでも楽しいのは、誰かが目を失うまでよ〟そのとおりにならないことを、ネイサンは願った。シンディーを平手で打ったばかりに、この先五〇年間義眼で生きていくはめになるのだとしたら割に合わない。腕を一本折って、鼻が曲がるくらいでちょうどいい。

「大丈夫か」ネイサンは言った。「見せてみろ。戦いは終わりだ、いいな？」

男が左手を目に当てたまま、よろよろと膝を突いた。

「目を見てやる。変な気を起こしたらただじゃすまないぞ」

返事はなかった。

ネイサンは電灯のスイッチを入れ、まぶしさに目を細めた。目を押さえている男は、血まみれで打ちひしがれていて、初めて負けを知ったガキ大将みたいに見えた。

「目を見せろ。意固地になるなよ。名前はなんだ？」

男はゆっくりと手を離した。「トビー」

トビーの鼻から血が流れでて、顎まで垂れていた。ネイサンは目を調べた。目を直撃したわけではなく、一センチほどずれていて、目の上の皮膚がぱっくり開いていた。

「さて、トビー、いい知らせだ。きみは目を失わずにすむ。ものすごい痣になるだろうが。危ないところだったな」そこでひと息入れ、トビーの注意を完全に引いてから言葉を継いだ。「おまえは今日の経験を忘れてしまうこともできる。だがこれを生かして生活を改め、別な道を歩むこともできる」それを聞いて、トビーはじっくり考えていた。トビーは巨漢だ。人は図体の大きな男は頭が足りないと決めつける傾向がある。ネイサン自身もトビーほどではないが大男なので、筋肉ばかだと思われている気がすることがよくあった。

「きれやすいんだ」

「知ってる。おまえをきれさせないように気をつけてしゃべっていたんだぞ」

「どうしようもないんだ」

「いや、そんなことはない」

トビーは何も言わなかった。

ネイサンはかがみこんだ。「おれのやり方を教えてやるよ。おれは怒りがわいてくるのを感じたら――それで、誰かを傷つけてやりたくなったら、イメージを使って抑えこんでいるんだ。安全装置と名づけたんだが、好きなように呼べばいい。おれにとっては安全装置だ。ここまではいいか？」

トビーがうなずいた。

「枯れ葉が散って、自分の足元にそっと舞い落ちるところを想像するんだ。やってみろ。目を閉じて、思い浮かべるんだ」

驚いたことに、トビーは目を閉じた。

「おまえは木の下に立って、手のひらを上にして両腕を広げて、空を見上げている。落ち葉がそこらじゅうを舞っていて、おまえの肌をかすめる。深く息を吸って、ゆっくり吐きだすんだ。舞い落ちる葉を見ろ。はらはらと散りゆく一枚一枚が、おまえの怒りを少しずつ引き受けて、取り除いてくれる。もう一度息を吸って、ゆっくり吐きだせ」

トビーは一瞬、穏やかな表情を見せたが、すぐに顔をゆがめた。「腕が痛え」

「いま頃気づいたのか？」

トビーはふたたびうなずいた。

「どれくらいやった？」

「二、三服」

「悪いこと言わないから、やめたほうがいい。金の無駄だ。その金でずっと有意義な人生を送れるぞ。人生は奥深い。周りの世界をよく見て、細部に目を向けてみろ。ドラッグをやめるには努力がいるかもしれないが、それがなくても人生を楽しめるってことに気づきさえすれば、問題は解決する」

「努力してみるよ。いい勝負だった」

「いいか、細部が肝心なんだ。おれは薄暗い部屋なのにおまえの瞳孔が開いていないのを見て、アンフェタミンかなんかでハイになっているんだと気づいた。右手で鼻を触ったのを見て、右利きだとわかった。右足から歩きだしたから、利き足も右だな。おまえがキックボクシングをやってるかもしれないから、知っておきたかったんだよ。突進してくるときは、目つきでわかった。まあそんな感じだ。そうやって命拾いしてきた。細部が肝心なんだ」

「その全身の傷は？」

「分析してみろ」

「誰かに悪意を持ってやられた」

「そいつがどうして腹部と背中を切ったかわかるか？」

トビーはしばらく考えてから答えた。「重要な動脈がないから」

「正解」

「元兵士で捕虜になって、拷問を受けたんだな」

「しばらくじっとしていろ。これから何針か縫って、腕を固定しなきゃならないだろう。病院では嘘をつくな。喧嘩したと正直に言え。医者や看護師をよく観察して、質問して学ぶんだ。目を診ているときや、血圧をはかっているときに、何を調べているのかきくといい。骨折がどうやって治るのか教えてもらえ」

トビーは無言で、世界を新しい視点から眺めるかのように室内を見まわした。

「左目がかすんだり、二重に見えるようになったら、すぐに専門医に診てもらえ。網膜がやられたってことだからな。たいしたことがなければいいんだが。女性たちを連れてくるから、ここで待っていろ。彼女たちは人間なんだぞ、トビー、遊び道具じゃないんだ。感情ってもんがある。おれたちと同じように」

「おれはもう行くよ」

「だめだ。絆創膏で止血してからでないと」ネイサンはキッチンからきれいな布巾を取ってきて四つにたたんだ。「これで傷口を押さえていろ。おまえの車はオートマか？」

「そうだ」

「運転できるか？」

「たぶん」

ネイサンはトビーの肩を叩いた。「細部に目を向けるんだぞ」そして、寝室に置いてきた拳銃を取りに行き、シンディーについてくるよう言った。ふたりで玄関から出ていくと、車の中で待っているマーラとカレンのもとへ向かった。

「パーティーは終わったよ」ネイサンは言った。

カレンが降りてきて、シンディーを抱きしめた。「大丈夫？」ネイサンにきく。「あいつは出ていったの？」

「いや、でもすぐに帰る。反省していると思うよ」

カレンがネイサンをじっと見つめた。「本当かしら」

ネイサンは女性たちを引き連れて家の中に戻った。期待どおり、トビーは謝罪し、損害賠償を支払うと申し出た。カレンは二度と来ないと約束してくれれば金はいらないと言い、それで話は決まった。事態が収拾し、トビーはもはや危険人物ではないと確信すると、ネイサンはマーラについてくるよう合図した。そして、ふたたび外に出ると、財布を取りだして一〇〇ドル札の束をマーラに渡した。「修理代だ」

マーラは少しためらったあとで受け取り、礼を言ってネイサンを抱きしめた。

「あいつをもっと懲らしめることもできたでしょう」

ネイサンは何も言わなかった。

「そうしたかった？」

「最初はな」ネイサンはきかれる前に答えた。「見どころがあるような気がしたんだ」

マーラは彼をしばらく見つめたあと、寒そうに身をすくめた。「話がしたい気分なら、ちょっと――」

ネイサンは彼女に背を向けた。

「ネイサン？」

「またすぐ連絡する、ありがとな、マーラ」

テラスに脱ぎ捨てたシャツを拾いあげて着た。車に向かう途中でトビーのトラックに寄り、財布から名刺を抜くと、目立つようスピードメーターに立てかけた。そこに込められたふたつのメッセージを、トビーは読み取るだろう。それから、マスタングに乗りこんで待ちながら、戦いを振り返った。マーラの言うとおりだ。もっとトビーをひどい目に遭わせることもできた。トビーの激しい怒りは理解できる。わかりすぎるくらいに。だが捕虜になったあと時間をかけて、怒りをコントロールする術を学んだのだ。怒りに足をすくわれずに、道具のように利用できるようになった。トビーにもできるはずだ。

携帯電話が鳴った。「ハーヴ。すまなかった」

「気にするな。大丈夫か？」

「ああ。すぐにかけ直す」

「了解」

数分後、右腕をぶらりと垂らしたトビーが玄関から出てきた。ダッシュボードの上の名刺を手に取ったのを、ネイサンはグローブボックスにしまってあった小型の双眼鏡で確認した。トビーはしばらく名刺を見つめてから、バックで私道を出た。ネイサンはヘッドライトをつけないまま、トビーが近所を離れるまで尾行した。

それから、ハーヴィーに電話した。

ハーヴィーは最初のコールで出た。「何があったんだ？」

「先週話した大男が、カレンのところの女の子に手荒なまねをしたんだ」

「それで……」

「お灸を据えてやった」

一瞬の間が空いた。「殺したのか？」

「おれがそんなことをする男だと思うか？」

「ああ」

「傷つくな」

沈黙が流れた。

「殺してないよ」ネイサンは言った。「その必要はなかった」

「助けに行ったのに」

「時間がなかったんだ。現場に着くまでに何度か交通違反をした。着いたあとは、何本か骨を折った」

「どれくらい？」

「骨のことか、交通違反のことか？」

「どっちだっていい」

「橈骨と尺骨と、鼻の骨だ。たいしたことはない」

「さすがだな」

「ありがとよ。さてと、そっちは大丈夫なのか？」

「おれは平気だけど、フランク・オルテガが困ったことになっているんだ。孫息子を心配している」

「フランク・オルテガ？　元ＦＢＩ長官か？」

「ああ」

「孫息子って誰だ？」

「ＦＢＩの人間だ。武器密輸組織に潜入捜査中なんだ」

「どんな武器だ？」

「まだ聞いていない」

「どこで？」

「北のほう。ラッセン郡だ。ネイト、捜査官が行方不明になった。オルテガはおれたちに協力を求めている。何も約束はしなかったけど、会うことには同意した」

「まさか、今夜か？」

ハーヴィーがため息をついた。「ああ、今夜だ。おまえの家に向かっているところだ」

2

クレアモントにあるネイサンの自宅は、そのブロックにあるほかの家々と同様にパステル調の漆喰の外壁と瓦屋根でできていて、美しい景観を保っている。だがひとつだけ違うのは、最新式の防犯システムが設置されているところだ。やりすぎだと思う人もいるだろうが、ネイサンは特権だと考えていた。彼とハーヴィーは防犯システムを設置する会社を経営しているのだから、最高の設備を使わない手はない。

私道にメタリックブルーのメルセデスが停車し、ドライバーが降りてきた。ハーヴィーだ。ネイサンと同い年で、彼より一五センチほど背が低い。薄い金褐色の目が、ラテンアメリカ系の褐色の肌と好対照をなしている。白髪のほうが断然多くなってきた。政治家っぽく見えるとネイサンは思っていたが、だからといって悪いわけではない。

「着いたぞ」ハーヴィーがつぶやいた。スペイン訛りのあるジェームズ・アール・ジョーンズみたいな声だ。「出迎えるくらいしてくれればいいのに」

「ここにいるぞ」ネイサンは言った。

ハーヴィーがぱっと振り返った。「ちくしょう、ネイト、脅かすなよ」

「どうしてそんなでかい車に乗ってるんだ?」

「でかい男だから、でかい車が必要なんだ。別にいいだろ」

「おまえのサイズは普通だ……どこもかしこも」

「会えてうれしいよ、ネイト」

「家族は元気か?」

「たまには訪ねてきてくれれば、きかなくてすむのに」

「どうなるかはわかってるだろ」

「まあな」

ネイサンは口調を変えた。「今夜のオルテガとの会合の緊急度は、一〇段階でいうといくつだ?」

「一〇だ」

心地よい沈黙の中、ハーヴィーの運転で五号線を南へ走った。数分後、八号線に合流して東へ進んだ。

「先週送った財務報告書は見たか?」ハーヴィーがきいた。

ネイサンはうめき声をもらした。

「この四半期で純資産が八〇万ドル増えた」

「ただの数字だ」

「金の話に興味ないのはわかってるけど、それにしては、ヘリコプターなんか持ってるし、ラホヤに別荘まであるだろ」ハーヴィーが首を横に振る。「もし本当に共同経営に飽きたっていうんなら、いつでも持ち分を買うぞ」

「おれが死んだらただでおまえのものになるから、心配するな」

「そんな言い方するなよ。おまえがこの世からいなくなったら、おれはつまらなくなる」

「それで」ネイサンは話題を変えた。「おまえとオルテガは長いつきあいなんだよな」

「フランクの息子のグレッグのほうがよく知っている。おれたちがニカラグアにいたとき、グレッグはＣＩＡで中東の偵察衛星を担当していたんだ。八年前にＦＢＩに移って、テロ対策の仕事をしている」

ネイサンは何も言わなかった。そのことはすでに知っていた。ハーヴィーは話をするきっかけを作っているだけだ。

「いいやつだよ」ハーヴィーが言った。

ネイサンはなおも返事をしなかった。フランク・オルテガに協力するつもりだが、譲れない条件がある。

「グレッグの助けがなければおまえを救助できなかった」ハーヴィーが言葉を継ぐ。

「おまえも、グレッグもそれはわかっている。一緒に衛星画像を見ながら、幾夜も長い夜を過ごしたんだ。グレッグは自分の時間を惜しみなく割いてくれた。おれはグレッグに借りがあるんだ、ネイト。でかい借りが。おれたちは」

そのあとは、ふたりともずっと無言で走りつづけた。ハーヴィーの言うことはもっともで、ネイサンは腹が立ったから黙っていたわけではなかった。ハーヴィーに命を救ってもらった。あのいまいましい檻の中では、あと一日も持たなかっただろう。ジャングルの中を五キロメートル運ばれたあいだの記憶がなかった。ほとんどの時間、意識を失っていたのはかえって幸いだった。

任務に失敗したとき、ネイサンはハーヴィーが確実に逃げられるよう、自分を犠牲にした。ふたりは自分たちを生け捕りにしようと血眼になっているゲリラ兵たちに包囲された。脱出できる可能性を高めるためにふた手に分かれたのだが、ネイサンは引き返した。そして、銃を撃ってゲリラ兵たちの注意を自分に引きつけ、ハーヴィーを逃がしたのだ。

その結果、ネイサンとハーヴィーは家族よりもかたい絆で結ばれた。互いに相手のために無条件で命を投げだすこともできる。オルテガ一家を助けることがハーヴィーにとって重要だというのなら、ネイサンにとっても重要なことだ。

午後一一時五〇分に、フランク・オルテガの自宅に到着した。うねうねと続く急な坂道をのぼった先に、テラコッタ屋根のスペイン風の家があった。私道の両脇にヤシの並木が植えられ、ライトアップされている。三台収容できる独立したガレージの前に、黒いフォード・トーラスが停めてあった。ＦＢＩの――おそらく、グレッグ・オルテガの車だろう。白い漆喰の家は大きいが巨大というほどではなく、古典的な左右対称の設計が目に快い。玄関の階段の片側に、車椅子用のスロープが設置されていた。

メルセデスが停車すると、側庭からロットワイラー犬が飛びだしてきて吠えだした。

ネイサンは車のドアを開けた。

ハーヴィーがネイサンの肩に手を置いて引きとめた。「フランクが出てくるまで待ったほうがいい」

だがネイサンは車から降りると、犬に一歩近づき、ささやくように話しかけた。

「興奮するな。この場を支配しているのはおまえじゃない。このおれだ」

「おい、ネイト、戻ってこいよ。ずたずたにされちまうぞ」

ネイサンはさらに歩み寄った。「おれはおまえなんか怖くない。落ち着け」犬は自信をなくした様子で、あとずさりした。それから、物音を聞きつけたらしく、両耳を立てて振り返った。ネイサンが顔を上げると、玄関からふたりの男が出てくるところだった。年上のほうは車椅子に乗っている――元ＦＢＩ長官、フランク・オルテガだ。

犬は尻尾(しっぽ)を振りながら私道を駆けていき、スロープを上がると、主人の隣に座った。

フランク・オルテガが犬の背中をなでた。

ネイサンはフランク・オルテガと初対面ではなかったが、どこで会ったのか思いだせなかった。たぶん政治イベントだろう。ふたりがスロープをおりてくるあいだ、ネイサンとハーヴィーも歩いていった。

最初にハーヴィーが口を開いた。「こんばんは、フランク」握手を交わす。「ネイサン・マクブライドを連れてきました」

「またお会いできて光栄です」

「それはこっちの台詞だよ。きみは陰の英雄だ、マクブライド少佐」

「ありがとうございます、サー、でももう引退した身です」

「きみにはそう呼ばれる資格がある。ところで、わたしのことはフランクと呼んでくれ」

フランク・オルテガは力強い握手をした――過剰なくらいに。〝わたしは車椅子に乗ってはいるが、まだまだ手ごわい相手だぞ〟とアピールしているのだろうか。くっきりした眉と茶色の柔和な目の持ち主で、痩せてはいるが貧相ではない。白いワイシャツの下の腹は少しも出ていなかった。黒いズボンと真新しく見えるローファーをはいている。懸命に隠そうとはしているものの、表情は緊張でこわばっていた。

グレッグ・オルテガは父親によく似ていた。目と眉が同じで、フランクを二五歳若くした感じだ。五〇歳くらいだろう。黒いジョギングウェアとスニーカーを身につけている。

ハーヴィーがグレッグにハグをした。「グレッグ、彼がネイサン・マクブライドだ」

「会えてうれしいよ」グレッグは真顔で握手した。

「こちらこそ」それほど力強い握手ではなかった。グレッグはネイサンの顔を少しだけ長く見すぎたが、ネイサンは腹を立てなかった。こんな傷跡を見たら、当然の反応だ。この一〇年のあいだにすっかり慣れた。

「あの犬はスカウトだ」フランクが言った。「教えてくれ、マクブライド。どうやってスカウトを手なづけたんだ？　ロットワイラーを見たらほとんどの人が怖気づくものだが」

マクブライドと呼び捨てにされても、ネイサンは気にしなかった。フランク・オルテガはそういう話し方が習慣になっているのだろう。ふたりの大統領の政権下でずっと、ＦＢＩのトップを務めていたのだから。

「ボディーランゲージです」ネイサンは答えた。「犬は攻撃しようとするとき、頭を低くして身をかがめ、歯をむきます。スカウトは吠えてはいましたが、特別にわたしに注意を向けてはいませんでした。あなたが玄関から出てくることを知っていたから、注意が分散されていた。わたしは自ら近づいていくことで、優位に立ったんです」

フランク・オルテガは褒め言葉を言う代わりにうなずいた。

「犬が好きなんです。すばらしい動物です。愛情と忠誠心を惜しみなく注いでくれる」

フランクが無言でハーヴィーを見た。

ネイサンは自分たちもフランクの犬のようなものだと嫌味を言ったわけではなかったが、発言を撤回するつもりはなかった。

「中に入ろう」フランクが言った。

スロープを楽々と移動するフランクを見守ってから、ネイサンは玄関のドアを通り抜けた。グレッグに見られていることに気づいていた。さりげなさを装っているが、はっきりわかる。無理もない。たしかグレッグはずっと内勤で、現場に出たことがないのだ。ネイサンはオフィスが嫌いで、いまもできるだけ避けていた。ファースト・セキュリティー社の実質的な経営は、ハーヴィーに任せている。対等のオーナーではあるが、複雑なビジネスに積極的に関わる性分ではないし、そういう欲もなかった。

家に入ると、左側に小さな書斎が、右側にベージュの革のソファが置かれた居間があった。まっすぐ行くとキッチンにつながっている。だが最も目を引いたのは、石の床だった。ネイサンは五メートル近くあるＦＢＩの紋章の手前で立ちどまり、驚きの目で見つめた。色石のモザイクで完璧に再現されている。〝忠誠、勇気、保全〟という言葉も記されていた。

キッチンから高齢の小柄な女性が出てきた。「フランクはそれにひと財産費やしたのよ」

ミセス・オルテガは銀髪を肩まで伸ばし、品のあるやさしい顔をしていた。夫と同じく痩せているが、貧弱には見えない。眼鏡(めがね)をかけているので、料理をしていたか、『ウォール・ストリート・ジャーナル』を読んでいたところだったのかもしれない。

彼女が紋章を横切るのを見て、ネイサンはたじろいだ。

「みんないつもこの上を歩いているのよ」彼の表情を読み取って、ミセス・オルテガが言った。「結局、床なんだから。ダイアンよ。初めまして、ミスター・マクブライド」

ネイサンは差しだされた手を握った。なめらかであたたかい手だった。「ネイサンと呼んでください。博物館みたいですね」グレッグがそわそわ体を動かしているのを、視界の隅にとらえた。神経が張りつめているようだから、扱いにくいかもしれない――きっと悩みの種になるだろう。

「ハーヴィー」ダイアンが言った。

ハーヴィーが身をかがめ、彼女の頰にキスをした。「お会いできてうれしいです、ダイアン」

「ふたりともコーヒーか紅茶はいかが？」

「いいえ、結構です」ネイサンは答えた。

ハーヴィーも遠慮した。

「グレッグは？」

グレッグは首を横に振った。

「書斎で話そう」フランクが言い、車椅子でそちらへ向かった。ベルも警笛もついていない、シンプルな車椅子だ。ネイサンはフランクの握手に関して先ほど抱いた印象を改めた。フランクは必要に迫られて握力が鍛えられたのだ。力強い握手は、自己顕示するためのものではなかった。単に握力が強いだけだ。

ダイアンがああ言ってくれたにもかかわらず、ネイサンはＦＢＩの紋章をよけてついていった。その上を歩くのは抵抗があった。フランクがデスクに向かい、ネイサンとハーヴィーとグレッグは、半円形に並べられた革の椅子に座った。ネイサンはデスクの背後に飾ってある写真を眺めた。五人の大統領——カーター、レーガン、ブッシュ、クリントン、ジョージ・Ｗ・ブッシュ——とそれぞれ握手をしているフランクの写真だ。カーター、レーガン、ブッシュと写っている写真では立っていて、残りの二枚では車椅子に乗っている。さらに、デスクの右手の壁に、成人したふたりの子どもも——グレッグと、娘と思しき女性——の肖像写真がかかっていた。ぎこちない沈黙の中、フランクが引き出しから分厚いファイルを取りだした。ネイサンはそれを一瞥してから、フランクに視線を戻した。

「きみの父親のことはよく知っている。長いつきあいなんだ」

ネイサンは何も言わなかった。

「立派な男だ」フランクが静かに言った。

ネイサンはフランクの目を見た。「父の話をしに来たわけではありません」

ハーヴィーに足で小突かれた。グレッグが気づいたかどうかはわからないが、反応はなかった。

「そのとおりだ。ここに集まってもらったのは、わたしの孫息子について話すためだ。行方不明になって数日が経つ。ラッセン郡にある武器密輸組織に潜入捜査中だった。フリーダムズ・エコーと呼ばれる組織だ」フランクはそこでひと息入れてから続けた。

「セムテックスに関してどれくらい知っている？」

「チェコ製のプラスチック爆弾ですよね」

「そうだ。ものすごい威力のある爆弾だ。この組織がそれを大量に入手したことがわかっている。実に一トン分だ。その報告を最後に、孫息子は行方がわからなくなった。正体を見破られたのだと思われる」

「深刻な状況ですね」ネイサンは言った。

「問題は孫息子のことだけではない。セムテックスは極めて危険だ。悪の手に渡れば、ワールドトレードセンターのような事件がいくつも起こりかねない。九・一一と違って、高層ビルの地下駐車場に自動車爆弾をいくつか仕かけるだけでいいのだから。中にいる人々もろとも崩壊するだろう。避難する時間もない」

ネイサンは爆弾でビルを破壊する映像を見たことがあった。たしか爆縮と呼ばれていた。だがパターンやタイミングを変えれば、ビルを木のように横に倒壊させて、ほかのビルをドミノ倒しにすることもできる。ワールドトレードセンターが横に倒れていたら、さらにひどい事態になっていただろう。

「具体的にわたしたちに何をしてほしいんですか？」

フランクは車椅子の背にもたれ、窓の外を見つめた。過去を振り返り、ああすればよかったと考えているかのようだった。「ＦＢＩはサクラメントのテロリズム合同特別捜査班の指揮下でＳＷＡＴを派遣し、組織の本拠地を襲撃しようとしている。目的はふたつある。第一に、セムテックスがまだそこにあるなら回収すること。第二に、孫息子の行方を突きとめることだ。セムテックスが売られる前に、フリーダムズ・エコーを排除するのが最も重要だ」フランクがネイサンの目を見た。「きみたちはわが国史上最高の秘密作戦チームだった。おだてているわけじゃない。本当に最高だった。きみたちには現地へ行って、わたしの目や耳となってほしい。わたしはこの件に個人的な関係がある。行方不明になっているのは血を分けた孫息子なんだ。かつてのような権限はもはや持っていない。電話をかけて一般的な情報を入手することはできるが、信頼できる筋からのじかの情報は得られない。そこで、きみたちにＦＢＩの襲撃をバックアップしてもらいたい。状況が悪くなって、銃撃戦になるかもしれない。きみたちは世界一腕のいいスナイパーチームだった。ＦＢＩは――」

「お言葉を返すようですが」ネイサンは話をさえぎった。「わたしたちはもう引退しましたし、殺し屋ではありません。警備事業を営んでいるんです。ＦＢＩにはちゃんとスナイパーチームがあるでしょう」

ハーヴィーが居心地悪そうに身動きしたが、口ははさまなかった。

「わたしは殺し屋としてきみたちを雇うと言っているのではない。ＳＷＡＴが失敗したときのセーフティーネットになってほしいと頼んでいるんだ。敵はひと筋縄では行かない連中だ。一流の訓練を受けた元軍人なんだ。そんな連中がセムテックスを持っている。きみたちは人の命を救うことができる。きみたちをこの作戦に参加させるよう、ランシング長官にも言ってある。長官は承諾したが、表向きは知らぬ存ぜぬを突き通すつもりだ。わたしが個人的にきみたちの誠実さを保証する。わたしの名誉をかけてきみたちに頼んでいるんだ。きみたちが引き受けてくれるのならば、お互いに信頼しなければならない。きみたちはわたしを信頼する必要があるし、わたしもきみたちを信頼する必要がある」

「つまり、わたしたちが協力すること自体に問題があるということですよね」

フランク・オルテガが困ったような――いらだっているようにも見える表情でハーヴィーを見た。グレッグは椅子の肘掛けをきつく握りしめていた。

「それは承知のうえだ、マクブライド。きみはそれでもかまわないか？」

ネイサンは返事をしなかった。

フランク・オルテガは少し声を張りあげた。「危機にさらされているのはわたしの孫息子だけではない。これだけ大量のセムテックスがアメリカで野放しになっているということは、アルカーイダの脅威と変わらない、国家安全保障上の問題だ。それ以上に危険だとも言える。この連中はアメリカ人で、われわれと見た目も話す言葉も同じで、同じようにふるまう。周囲に溶けこんでしまい、見分けがつかない」

沈黙が訪れ、時計の針の音が聞こえた。

「いくつか条件があります」ネイサンが口を開いた。

「条件」

「ええ。条件です。わたしたちはＳＷＡＴをバックアップし、お孫さんを見つけますが、結果は保証できません」

「それでかまわない」

「それから、攻撃目標とその本拠地に関する予備知識と機密情報が必要です」

「提供しよう」

「あとひとつ、書斎から指揮を執るのはやめていただきたい。わたしたちを送りだしたら、あなたの役目は終わりです。わたしたちの行動に口をはさまないでほしいんです。干渉されずに、やりたいようにやらせてもらえないんだったら、この話は断ります」

「先ほども言ったように、お互いの信頼の問題だ」

フランクがデスクの上のファイルをネイサンのほうへ押しやった。

ネイサンはあえてファイルを手に取らなかった。

「これにフリーダムズ・エコーに関する情報が入っている。われわれが持っている情報のすべてだ」フランクが言う。「正確な写しだ」

フランクはいまでも〝われわれ〟と言う。四〇年間ＦＢＩにいたのだから無理もない。

「わたしも同行する」グレッグが言った。

「問題外だ」

「わたしの息子だぞ」

「問題外だ」

グレッグが立ちあがり、ネイサンに食ってかかった。「この野郎、英雄だかなんだか知らないが、いいか、行方不明になっているのはわたしの息子なんだ」

ネイサンは席を立ち、ドアへ向かった。

「やれやれ、グレッグ」フランクが言う。「マクブライド、待て。頼むから」

ネイサンは立ちどまったものの、振り向かなかった。

「わたしたち家族は不安に押しつぶされそうなんだ。頼むから席に戻ってくれないか」

ネイサンはそれでも動かなかった。

「頼む」フランクがふたたび言った。

「ちょっと外の空気を吸ってきます」ネイサンはそう言って部屋を出た。

ハーヴィーは立ちあがると、声を潜めて言った。「くそっ、グレッグ、いったいどういうつもりだ？」

「マクブライドがうぬぼれたくそったれだからだ」

「おい、おれはあいつと生きるか死ぬかの場面をくぐり抜けてきたんだぞ。欠点はたくさんあるが、絶対にうぬぼれ屋ってことはない」

「わたしにはそう思えた」

「それは誤解だ。あいつはうぬぼれているんじゃない。自信があるんだ。きみはこの件に私情が絡んでいるから、物が見えなくなっている。きみはおれたちに命を危険にさらすよう頼んだ。状況次第では、人を殺せと。それをおれたちは引き受けると言っている。だが行方不明の捜査官の父親を連れていくわけにはいかない。現場に出たことがないならなおさらだ。グレッグ、きみは人を殺したことがないだろう。決して気持ちのいいものではないぞ。現実離れしたハリウッド映画とは違うんだ。おれたちが扱うのは本物の銃で、本物の死だ。きみがでしゃばる余地はない」

グレッグはうつむいて、何も言わなかった。

「あいつが戻ってきたら」ハーヴィーは言葉を継いだ。「謝るな。その必要はない。ネイサンは根に持たないし、きみが追いつめられていることもわかっている。おれたち全員がぴりぴりしているんだ。あいつが手を差しだしてきたら、握手をしろ。いいな？」

返事はなかった。

「わかったか？」

「ああ」

ネイサンがキッチンへ行くと、ダイアン・オルテガが食器洗い機で洗い終えた食器を片づけているところだった。「水を一杯いただけませんか？」

「もちろんよ」ダイアンは戸棚からグラスを取りだすと、冷蔵庫のくぼみに押し当てて水を注いだ。やさしい顔を見ていると、ネイサンは自分の母親を思いだした。「話が聞こえてしまったの。聞くつもりはなかったんだけど。ちょっとここで話していかない？」

ネイサンはダイアンのために、カウンターのスツールを引きだした。

「ありがとう」ふたりは向かいあって座った。ダイアンは両手を膝に置いて話しはじめた。「グレッグは大変だったの。父親がＦＢＩ長官だったから」

「わかります」

「書斎にある写真を見た？」

「ええ、目を引きますから」

「ＦＢＩがフランクの人生だった。いまもそうなの、残念ながら。でもそのおかげで家族が大きな犠牲を強いられたことは、フランクもわかっている。もし人生をもう一度やり直すなら、家族と過ごす時間を増やすでしょうね」ダイアンの表情が曇り、泣きだすのではないかと思われたが、すぐに立ち直った。「グレッグは長男だから、一番つらい思いをしたの。いまでは折り合いがついていると思うけど、一生癒えない傷もあるから」手を伸ばしてネイサンの手を取った。「あなたのお父さまとフランクはよく似ている。あなたとグレッグも」

「その……なんて言ったらいいのか」

「人生には限りがあるの。いまのわたしにはそれがよくわかるわ。過去を変えることはできないけど、未来を変えることはできる」

「わたしは五七人の人を殺しました、ミセス・オルテガ。時間はかかりましたが、ようやくその罪悪感を克服できたところなんです。お孫さんを捜すことによって、その数が増えるかもしれない。それをどう思われますか？」

ダイアンが彼の手を握りしめた。「わたしだって世界がバラ色だと思っているわけじゃないのよ。ＦＢＩ長官の妻をやっていれば、それくらいわかるわ。この世界には生まれつき邪悪な人間がいる。あなたは分別のある人だから、判断に間違いはないでしょう」

「そう言っていただけると、心強いです」

「フランクとグレッグもそれはわかっているのよ。でも男の人って感情を表すのが苦手だから。男の欠点ね」

「そうですね」

「未来を変えるのよ、ネイサン」ダイアンが彼の手を放した。

ネイサンは書斎に戻り、グレッグの前へ行って手を差しだした。「最初からやり直せるか？」

ふたりは握手をした。

ふたたび全員が席に着いた。「きみの母上はすばらしい女性だな」

「ああ、そうなんだ」グレッグが言った。

「おれの根拠を説明させてもらえるか」

グレッグが片手を上げた。「その必要はない。わたしが参加できない理由は理解できる。われわれＦＢＩも同じ方針だし、それには正当な理由がある」

「逐一報告する」

「助かるよ」

「おれたちがきみの息子を見つける」

「よし、それでは」フランクが口を開いた。「もうひとつ大事な話がある」声を潜めて続ける。「きみたちを派遣することを、ＦＢＩのＳＷＡＴチームに通知できるかどうかわからない。察しがつくと思うが、ＦＢＩの仕事に部外者を参加させるとなると、慎重に対処しなければならない。連絡が行くようできる限りのことをするが、きみたちが派遣されることをＳＷＡＴは知らないと想定しておいてもらいたい」

ネイサンは無言でフランクを見つめた。

「つまり、ＳＷＡＴの制服を着ていない者は格好の的だということだ」

ネイサンはうなずいた。「襲撃はいつ行われるんですか？」

「明日の午後二時半だ」

「昼間ですね。もうひとつだけ。父はこのことを知っているんですか?」

フランクはためらうことなく答えた。「ああ」

3

ワシントンDCでは、風の強い夕方だった。紫色の地平線が真っ暗になろうとしている。六・五キロメートル上空で、街の琥珀色(こはくいろ)の明かりに照らされた薄雲が東へ流れていく。例年より早く紅葉が始まっていて、歩道に立ち並ぶサクラの葉が赤やオレンジ色に染まっていた。

国内テロ委員会(CDT)のオフィスは、ラッセル上院議員会館にある。委員会のメンバーが、背もたれの高い革椅子とマホガニーの楕円形のテーブルが備えつけられた豪華な会議室で会合を開いていた。壁に歴代大統領の肖像画がかかっている。コーナーテーブルに氷水の入ったピッチャーが置かれ、反対の隅にある揃(そろ)いのテーブルに飾られたスターゲイザーリリーが芳香を放っていた。委員会の目的――国内の脅威から国家の安全を守る――にふさわしい、立派な部屋だ。

ＣＤＴの委員長、ストーン・マクブライド上院議員が入ってきた瞬間、部屋は静まり返った。身長一九三センチメートルで、威厳がある。白くなった髪は元海兵隊員らしくきちんと刈りこまれ、藍色の目が四角い顎を引きたてている。いかにも政治家という雰囲気だ。何かを求めるときは愛想のいい笑みを、それが得られなかったときは不敵な笑みを浮かべる。

　御年七八歳、ニューメキシコ出身で、朝鮮戦争のときに〝石壁（ストーンウォール）〟という異名を取った。一九五一年三月、ソウル南部、漢江南岸のボストン線に向かって前進する際の出来事だった。マクブライドが属する海兵隊の小隊は、第一軍団を支援するために配置された。機関銃や迫撃砲で射撃され、三〇分間身動きが取れなくなっていたのだ。そのときストーンは、怒りに駆られて塹壕（ざんごう）の縁にのぼると、Ｍ１ガーランドを腰の高さで構え、敵陣に向かって五挿弾子（クリップ）分の弾丸を発射した。弾は前方の地面に当たり、一発も命中しなかった。だがそれに鼓舞された左手の小隊も弾丸を放ち、右手の小隊が前進するチャンスが生まれ、敵の迫撃砲隊を制圧することができた。その無謀で勇敢な行為を称（たた）えて、ストーンは勲章を授けられ、あだ名をつけられたのだ。

「急な呼び出しに応じてくれて感謝している」ストーンは言った。「夜分に恐縮だが、緊急事態だ」一同の顔を見まわしてから続ける。「集まってもらったのは、危機が発生したからだ。わたしはすでに説明を受けたが、この新たな脅威について全員が知っておく必要がある」

　ＣＤＴは男性五名、女性四名からなる勤勉なグループで、全員、ストーンが連邦法執行機関から選んだ。この種のグループの先駆けだ。各機関の代表に協力と情報の共有を促すはずだったが、そううまくはいかず、実際は緊張した空気になることもしばしばだった。だが多くの違いがあるとはいえ、みな同じ気持ちを持っている——アメリカ合衆国への忠誠心。ここに集まっている人々は誰しも、国家の安全を守ろうという強い決意を胸に秘めていた。

ストーンは右側にいる男——FBI特別捜査官、リーフ・ワトソンに注意を向けた。ワトソンは空軍でハーキーバードの操縦士として七年間過ごしたあとFBIに入った。率直に物を言う生真面目な男だ。四〇代半ばで、空軍時代にヘリコプターの事故で負傷した後遺症で、足をわずかに引きずって歩く。

ワトソンは書類をめくると、咳払いをした。「数カ月前から、FBIはフリーダムズ・エコーと呼ばれる武器密輸組織に潜入捜査を行っていました。これまでのところ、フリーダムズ・エコーが扱っているのは小型の武器だけでした。ほとんどが合法的な銃で、それを全自動に改造して流しています。本拠地はカリフォルニア北部のラッセン郡、リーダーはレナード・ブリッジストーンと弟のアーニー・ブリッジストーン。このふたりについてはお渡しした資料に書かれています。要約しますと、ともに四〇代半ば、兄のレナードは退役軍人で、アーミーレンジャーにいました。弟のアーニーは元海軍教練教官で、飲酒運転で歩行者を轢死させた罪で軍法会議にかけられ、USDBで五年間過ごしています。どちらも何度も懲戒処分を受けていて、未練なく除隊しました。兄弟はふたりの下で働いている末の弟のサミーも含めて、大量のセムテックスを入手するまで、警察の注意を引いたことは特にありませんでした」

ストーンはうなずき、ワトソンにその先を続けるよう促した。

「セムテックスはもともとチェコスロヴァキアで製造され、覚えている方もいらっしゃるでしょうが、共産党政権が崩壊したときに、新政府が最悪の情報を発表しました。共産党政権は少なくとも九〇〇トンのセムテックスをリビアに、さらに同様の量をシリア、北朝鮮、イラン、イラクといったならず者国家に輸出していたのです。世界じゅうに四万トンものセムテックスが存在する可能性があります」

ワトソンはひと息入れ、その事実が一同の頭にしみこむのを待った。ストーンは立ちあがってコーナーテーブルのところへ行き、グラスに水を注いだ。すでに聞いた話だったにもかかわらず、その数に改めて圧倒された。四万トン。どうしてそんなことになるのか。軍隊や鉱業会社以外に、一〇〇〇トンどころか一〇トンも必要とするところがあるだろうか？　それが四万トンだと？　どこにあるんだ？　テロリストはどれくらい入手したのだろうか。

ワトソンがふたたび口を開いた。「レナード・ブリッジストーンは、イラク北側の国境に駐屯していたときにシリアの役人とのコネを築いたのだと思われます。兄弟はセムテックスを約一トン、入手したようです。ご存じのとおり、セムテックスは非常に強力です。一九八八年に起きたパンアメリカン航空一〇三便爆破事件では、スコットランドのロッカビー上空で、東芝のカセットテープレコーダーに仕込まれた五〇〇グラム未満の量で飛行機が爆破されました。イエメンに停泊していた海軍ミサイル駆逐艦コールが襲撃されたときや、ナイロビのアメリカ大使館爆破事件で使われたのもセムテックスです」

「さて」ストーンは言った。「本題に入ろう。特別捜査官のジェームズ・オルテガが行方不明になっている。名字に聞き覚えがあると思うが、彼の祖父はふたりの大統領の政権下でＦＢＩ長官を務めたフランク・オルテガだ。彼はわたしの生涯の友でもある。朝鮮で同じ部隊にいたんだ。ジェームズ・オルテガの父親もＦＢＩの一員だ」

「ジェームズ・オルテガは潜入捜査に志願しました」ワトソンが言葉を継ぐ。「定期報告が行われず、公式に行方不明者となった時点で、ＦＢＩは最悪の事態を想定せざるを得ませんでした。最後の報告で、数パレット分のセムテックスがトラックから降ろされ、本拠地の建物に運びこまれるのを見たと言っていました。それ以来、ＦＢＩは本拠地を常に監視しています。われわれの知る限りでは、セムテックスはまだそこにあります」

ストーンはテーブルに両手を突いて身を乗りだした。「今夜みんなに集まってもらったのは、これから起きることについて前もって知らせておきたかったからだ。ＦＢＩは明日、現地時間の午後二時半に本拠地を襲撃する。ＦＢＩのテロリズム合同特別捜査班が指揮を執るから、ある程度マスコミにもれるのは避けられないだろう。このくらいの規模になると、長いあいだ隠しつづけるのは難しい。われわれは明日、全力で攻撃する。ジェームズ・オルテガの状態やセムテックス、襲撃を行うチームについては、事後に説明する。そのときにまた会おう。急な呼び出しに応じてくれたことに、改めて礼を言う」

一同は立ちあがり、荷物をまとめると、静かに部屋を出た。

遅れて出ていこうとしたワトソンを、ストーンが呼びとめた。「きみは残ってくれ、リーフ」

ワトソンはストーンと向きあった。

ストーン――ネイサン・マクブライドの父親は、椅子を指し示した。「座りなさい。大統領と連絡を取ってある。いくつか話しあいたいことがある」

ネイサンとハーヴィーの飛行用ヘルメットから、管制官の声が聞こえてきた。「ヘリコプターファイヴ(5)=ノヴェンバー(N)=チャーリー(C)、一一九・五でサクラメント・エグゼクティヴ・タワーと交信してください。周波数の変更が承認されました。それでは」

左側の座席に座っているハーヴィーが、管制塔の周波数が登録されたプリセットボタンを押し、送信トリガーを引いた。「サクラメント・エグゼクティヴ・タワー、ヘリコプター5NCに情報Sを提供してください」

すぐに返事が返ってきた。「ヘリコプター5NC、レーダー画面上で確認しました。方位と速度を維持して誘導路Hに着陸してください。残り三キロ地点で報告を」

ネイサンは若干針路を修正してから、少しだけ速度を落とした。ハーヴィーが管制塔の指示に応答した。インターカムシステムを通じていつでも会話できるのだが、ネイサンは話をしたい気分ではなく、ハーヴィーはそれに気づいていた。ハーヴィーに隠し事はできない。こういうときにそっとしておいてくれることに、ネイサンは感謝している。しかしそろそろハーヴィーも、〝元気がないな。何か悩みでもあるのか？〟というようなことを言ってくるだろう。ネイサンはいずれ悩みを打ち明けるつもりだったが、いまはその気になれなかった。

まさにそのとき、ハーヴィーが言った。「サンディエゴを出発してから、やけに静かだな。どうした？」

ほらやっぱり。思ったとおりだ。「さあな。オルテガの孫息子のことが頭から離れないんだ。最後の報告からどれだけ時間が経ったかってな」

「正体を暴かれて尋問されてるところを想像してしまうんだな」

「そう思うとむしゃくしゃするんだ。たぶんひどい拷問を受けただろう。いまも続いているかもしれない」

「悩んでいるのはそのせいだけじゃないだろ」

ネイサンは返事をしなかった。言わなくてもどうせ見抜かれている。

「ジェームズを救助するためにグレッグとフランクはここまでやっているのに、自分の父親はどうして何もしてくれなかったんだろうって考えてるんだな」

図星だった。何年も頭に引っかかっていたことだ。四日間檻に入れられていたあいだも、ずっと考えていた。何時間も、何日間も、ネイサンは助けが来るのを待ちつづけた。助けが来るのを期待し、祈っていた。だが最後のほうは、祈りの内容が変化し、死を待ち望んでいた。

「大丈夫か？」

ネイサンはうなずいた。「おれたちが協力していることを、親父(おやじ)が知っているのが気に入らないだけだ。なんだか……うさんくさい」

「おいおい、そりゃないよ。ＣＤＴは国家の安全に必要不可欠だし、親父さんはその委員長なんだから、知ってるに決まってるだろ」

ネイサンは何も言わなかった。

「おまえがどう思おうと、オルテガの言うとおりだ。親父さんは立派な人だ」

「親父は政治家だ。すべては金次第、政治資金の問題だ。赤ん坊にキスするのも完全なアピール。選挙献金のため。テレビやラジオや、大量の郵便がすべてなんだ。政治家にとって一番大きな問題はなんだ？　経済か？　犯罪か？　失業率か？　不法移民か？　そうじゃない。自分の再選だ。親父は選挙献金を頼む手紙をおれにまで送ってくるんだぞ」

「なあ、それは違うよ。親父さんはそういった問題についてちゃんと考えている」

「そうだな。すまない、ちょっと愚痴(ぐち)りたかっただけだ」

「本当か？」

「何が？」

「手紙を送ってくるのか？」

「ああ」

「協力を求めてるってことだ」

「おれの金を求めているだけだ」

「それで、献金するのか？」

ここで嘘をついても、ハーヴィーには見破られるだろう。「ああ。個人に認められている最高の額を。毎年」

「それなら、ずっと送られてくるのも無理はない」

ネイサンはうめき声をもらした。

「なんの仕事をしていたって同じだ」ハーヴィーが言う。「誰だって仕事を失いたくない。政治家は大変な仕事だ。国政ならなおさら。私生活を犠牲にしているはずだ」

ネイサンもその犠牲となった一部だ。子どもの頃、父はほとんど家にいなかった。もう折り合いをつけたことだとはいえ、いまでも蠟燭(ろうそく)の火を消したあとのにおいのように、かすかな怒りが心の奥底にわだかまっていた。父を憎んでいるわけではないが、家族の絆を感じたことがない。当然だ。ほとんど知らない相手なのだから。ダイアン・オルテガの言葉が頭にこびりついていた。〝あなたのお父さまとフランクはよく似ている。あなたとグレッグも〟

「ちょっと厳しすぎるんじゃないか」ハーヴィーが言った。「歩み寄ってみたらどうだ」

「そんなことを言って許されるのは、おまえとうちの母親くらいだぞ」

「おれがこんなことを言うのは、誰かが言ってやらなきゃならないからだ。親父さんの年を考えろ」

ネイサンは返事をしなかった。

「お袋さんのためにもさ」

数分間、沈黙が続いた。

「ハーヴ？」

「なんだ？」

「ありがとう」ネイサンは管制塔のために、早めに着陸灯をつけた。これで向こうから見やすくなる。「LAのB空域での無線通信はお見事だった。着陸をやってみるか？」

「ああ、だけど、しっかり見ていてくれ」

「わかった」ネイサンは空港の灯火を確認すると、直線進入をするため針路を微妙に変更した。熟練のパイロットであるネイサンでも、夜に目的地の空港の緑と白の明かりを見るとほっとする。「確認できたぞ。おまえが制御している」

「おれが制御している」ハーヴィーが繰り返した。

「無線はおれに任せろ」ネイサンは言った。

はるか下方で、サクラメントの街が黒いベルベットの上に並べられた色とりどりの宝石のように見えた。雨が降ったあとなので、視程が八〇キロメートル以上ある。目的地まで三キロの地点で、ネイサンは送信トリガーを引いた。「ヘリコプター5NC、残り三キロ」

管制塔が誘導路Hへの着陸を許可した。

ハーヴィーはほぼ完璧な進入をし、二五〇〇キログラムのベル四〇七を自信を持って正確に操縦した。強いて難点を挙げるとすれば、速度を落とすのが少し早すぎたことだ。危険はないが、場周経路が混雑していて何機も航空機が飛んでいる場合、管制塔は迅速な着陸を求める――つまり、〝ぐずぐずしないでさっさと着陸しろ〟ということだ。ハーヴィーは指示されたとおり、誘導路Hのすぐ西の滑走路に大きく描かれた白いHの文字の近くに着陸した。外来機駐機場には二機のヘリコプターが停めてあった。カリフォルニア・ハイウェイ・パトロールと、森林局の消防隊だ。ネイサンはエンジンを止め、アビオニクスのスイッチを切った。約五〇〇センチメートルの四枚のローターの回転が徐々にゆるやかになっていく。

「よくやった」ネイサンはヘルメットを脱ぎながら言った。

「どうも」

ネイサンが停止の手順をこなすあいだ、ハーヴィーは荷物を見に行った。無事かどうか確かめたいのだろう。ネイサンのレミントンM700はアルミニウムのケースにおさめてあるが、明日の作戦に必要なものはすべて雑嚢に入っている――弾薬、双眼鏡、スポッティングスコープ、周波数検出器、海兵隊の森林地帯用の迷彩服、バックパック、ペットボトル入りの水、そして、おそらく最も重要なギリースーツ。スナイパー用に作られたギリースーツは、優れた迷彩服だ。これを着用すると、隅から隅まで無秩序に取りつけられたぼろぼろの無数の端切れのおかげで、人間の体の線がすっかり隠れる――コミックのヒーローのスワンプシングみたいに見える。ハーヴィーがふたりの旅行鞄(りょこうかばん)を手に戻ってきた。

「フランク・オルテガに娘がいるのを知ってたか？」ネイサンはきいた。「グレッグはひとりっ子だと思っていたよ」

「どうしてそれを？」

「書斎に写真が飾ってあった」

「かわいそうに、一五年か二〇年くらい前に亡くなったんだよ。司法試験に受かったその日だったと思う。交通事故で」

「ひどい話だな。気の毒に」

「しばらく大変だったんだ。グレッグは絶対にその話をしようとしなかった。ショックが大きすぎたんだな。すごく仲がよかったんだと思う。だから、ひどく落ちこんでいた。一年以上話をしなかったんだ。おれは無理強いしなかったし、あいつもそれを求めていなかった」

「わかるよ」

メインローターが完全に停止すると、ネイサンはすべての装置とスイッチの最終チェックをしたあとで、ヘリコプターから降りた。そよ風が吹いていて、涼(すず)しい夜だった。いつもの習慣で、愛情を込めて機体をぽんと叩いてから、鍵をかけた。そして、ハーヴィーと一緒に無言でターミナルへ向かった。

タクシーに二〇分乗って、サクラメントのダウンタウンにあるハイアット・リージェンシーに到着し、一二分後にチェックインした。

翌日の早朝、ネイサンとハーヴィーはホテルのロビーで待ちあわせ、朝食をとりながら襲撃に関して予想されることを話した。ネイサンたちが派遣されることをSWATが知っている保証はない点について重点的に考えたが、実はネイサンは心配していなかったし、向こうが知らないほうがかえってよかった。ハーヴィーとふたりきりで仕事をするのに慣れていた。

ふたりは朝食をすませると、ネイサンの部屋に戻って、フランクに渡されたファイルを熟読した。地形図や航空写真やブリッジストーン兄弟が軍にいた頃の人事ファイルを隅々まで見直した。ＦＢＩの内部文書や、ジェームズ・オルテガの報告を文字起こししたものも。頭に入れておかなければならないことがたくさんあったが、ようやく読み終えたときには状況をかなり把握(はあく)できていた。それから、ハーヴィーが自分の部屋に戻ったので、ネイサンも午後の襲撃までひと眠りすることにした。

だがあいにく、ネイサンは眠れなかった。天井を見つめながら、いまこの瞬間にもジェームズ・オルテガがどんなひどいことをされているか、考えずにはいられない。苦しみ。孤独。恐怖。絶望。ブリッジストーンが彼を意のままにしていると思うと、激しい怒りに駆られた。ジェームズは椅子に縛りつけられているだろうか？　電極をつけられて？　喉から血が出るまで叫んでいるのか？　ネイサンは目を閉じて、雑念を追い払おうとした。いますぐジェームズにしてやれることは何もない。彼を捜しだすのが先決だ。心の底では、いまもなお拷問を受けているよりは、すでに殺されているることを願っていた。そして、ジェームズを拷問にかけたのだとしたら、ブリッジストーン兄弟を殺してやると胸に誓った。

そのあと、ハーヴィーが運転するレンタカー――タホで空港へ行き、ヘリコプターに荷物を取りに行った。それから一〇分もしないうちに、ふたりはサクラメントをあとにした。七〇号線をのんびりと北へ走り、メアリーズヴィルとオーロヴィルを通って北東に向かうと、シエラネヴァダ山脈の景観道路（シーニック・バイウェイ）になった。カリフォルニア最大の自然の宝庫へ入っていく。オークや草原が広大な松林に変わった。一時間後、航空写真で見た林道を見つけた。ＧＰＳで目的地の正確な場所を確認し、砂利道を約一三キロメートル走ったあと、通りかかる車から見えないよう、木立の奥に車を停めた。

そして、急いで海兵隊の迷彩服と軍靴に着替えた。ネイサンは右のブーツの滑り止めをひとつ切り取り、ハーヴィーは左のブーツに同じことをした。これで、なんらかの理由でふたりが別行動をすることになっても、お互いの足跡を判別できる。

ハーヴィーがＫｏｗａのスポッティングスコープと、一クリップで手込め式の・３

０８ウィンチェスター弾が五発まとめられるストリッパー型クリップをバックパックに入れている横で、ネイサンは布でくるんであったレミントンＭ７００狙撃銃を、念入りに点検した。道具の最終チェックをすませたあと、忘れ物がないかどうか確かめた。ハーヴィーが雑嚢からガンベルトを二本取りだし、片方をネイサンに渡した。それから、ギリースーツをバックパックの上にくくりつけた。最後に、服に隠れていない肌に緑や茶や黒のボディーペイントを塗った。

そのあいだずっと、ハーヴィーの視線を感じていたが、ネイサンは話をしなかった。ふたりとも考えていることは同じなのだから、あえて口に出す必要はない。ハーヴィーに肩をぽんと叩かれると、それだけで安心した。ハーヴィーのいない人生など考えられない。ネイサンは無言でうなずいて応えた。

ハーヴィーが車をロックし、鍵を右の前輪の上に置いた。ポケットの中に入れておいて、都合の悪いときにカチャカチャ鳴ったら困る。人間には聞こえなくても、犬には聞こえる。襲いかかってきた犬を撃てば、敵にこちらの存在を知らせるはめになる。それに、ネイサンはほとんどの人間より犬が好きだから、撃ちたくなかった。

出発する準備がすっかり整うと、ふたりは一五メートル離れて横に並び、山をのぼりはじめた。昨夜の嵐のおかげで地面が湿っていて、足場はよかったものの、真砂や浮石の上を歩くのは難儀する。数百メートル進んだところで、ひと休みすることにした。ネイサンは手招きしてハーヴィーを呼んだ。

「時間は？」

ハーヴィーが袖を引きあげて腕時計――太陽の光を反射しないように、文字盤に石鹸を塗りつけてある――を見た。「襲撃まであと三七分」

「無線周波数を確認しよう」ネイサンはハーヴィーのバックパックからDAR3周波数検出器を取りだして、ハーヴィーに渡した。四〇〇〇ドル以上もするハイテク装置で、信頼性が高い。靴箱くらいの大きさで、六つのダイヤルと、さまざまな入出力端子と、一五センチのアンテナがついている。五〇キロヘルツから一二ギガヘルツまでの信号を拾うことができる。

ハーヴィーがスイッチを入れ、一分経った頃に言った。「良好だ」

ネイサンは検出器をバックパックに戻すと、ふたたび渓谷をのぼりはじめた。はるか頭上をアカオノスリが飛んでいる。聞こえてくるのは、マツの木を吹き抜ける物悲しい風の音だけだ。登山用具を装備しておらず、花崗岩の岩壁を乗り越えることができないため、進路を六〇メートル東にそらした。頂上に近づくと、ペースを落とした。ハーヴィーのほうを向き、自分の両目を指差してから、その指を左に向けた。ハーヴィーがその方向へ向かい、ネイサンは右にまわった。本拠地を見張っている番兵がいないかどうか確かめておきたかったのだ。ここには身を潜められる場所が無数にある。尾根にはマツの木が生い茂り、高さが三〇メートルを超えるものもあった。

尾根に誰もいないことを確認してから、眼下の建物がはっきり見える狙撃地点を探した。もっと離れた場所からでもじゅうぶん標的を仕留められるが、五五〇メートル以内の距離が望ましい。それなら、銃声が聞こえる前に弾が届くからだ。そのためには、さらに六四〇メートル近づく必要がある。双眼鏡を使い、数分かけて建物の配置を観察した。航空写真で見たとおり、フリーダムズ・エコーの本拠地は、大きなマツの木が散在する盆地にあった。ロッジと、倉庫と思しき金属の建物群を、二〇棟くらいの小屋――丸太小屋で、急勾配の金属屋根がついている――が囲んでいる。ロッジの隣に、迷彩塗装が施されたピックアップトラックが数台停まっていた。

ハーヴィーが双眼鏡をバックパックにしまった。ふたりはふたたび歩きはじめた。

ネイサンは頭を上げ、周囲を見まわしながら歩いた。風速およそ四・五メートルの西風が吹いている。気温は約一六度。湿度は低く、おそらく二〇から三〇パーセント。マツの香りが漂っていて、昔キャンプに行ったときの記憶が呼び覚まされた。鳥のさえずりのような口笛を吹くと、ハーヴィーが立ちどまってこちらを向いた。ネイサンは本拠地から数百メートル以内にある、マツの木にはさまれた岩群を指差した。ハーヴィーがうなずいた。岩群に近づくのは少しリスクがある。岩の周辺は木がまばらだから、開けた場所を横断しなければならない。最後の一五メートルはギリースーツを身につけ、匍匐前進するしかないだろう。そうすれば、誰かに見られていたとしても体の線は見えないし、ゆっくりと這っていけば動きを見とがめられることもない。人の目に留まるのはたいてい動作だ。

眼下の谷はゆるやかに西に傾斜していて、そちらのほうは木に覆われていた。本拠地の周囲の木はほとんど伐採され、幅およそ六〇メートルの防火帯となっているだけでなく、人がこっそりと近づいていくこともできない。ネイサンはふたたびハーヴィーから双眼鏡を借りて本拠地を見渡した。静まり返っている。なんの動きもない。双眼鏡をハーヴィーに返した。

「あの岩群でいいな？」

「匍匐前進で行こう」

ふたりはギリースーツを身につけ、腹這いになった。そして、ネイサンが先頭で、松葉に覆われた砂地を匍匐前進しはじめた。三〇度の傾斜が移動を難しくする。転がり落ちてしまわないように、道に対して体を四五度斜めにしなければならない。のろのろ進んだとしても、斜面を匍匐前進するのはたやすいことではないが、地面が湿っているのが救いだった。だがたとえ短時間でも、身をさらすのは耐え難い。敵のスナイパーに見つかったら一巻の終わりだ。一五メートルの距離を匍匐前進するのに五分かかる。六秒で三〇センチだ。ふたりはようやく無事に岩群にたどりついた。これまでのところは順調だ。そこは理想的な狙撃地点だった。ヨーロッパの大聖堂のような形をした、ふたつの大きな花崗岩が頭上六メートルまで伸びていて、わずかに東へ傾いている。大きいほうの岩が日よけになり、完全に陰に身を潜めることができる。ふたつの岩のあいだは平らな砂地で、そこから眼下の本拠地とそこにつながる砂利道がすっかり見えた。向こうから死角になる場所で、急いで武器を取りだした。

ハーヴィーが・308ウィンチェスター弾を五発まとめたストリッパー型クリップをネイサンに手渡した。日光を反射しないよう、フェルトペンで真っ黒に塗ってある。弾丸の銃口初速は毎秒約七〇〇メートル。ネイサンは標準の装塡量よりも軽めにするのが好きだった。五五〇メートル離れた標的に銃弾が到達するのにかかる時間は一秒未満だ。クリップから銃弾を取り外し、それをライフル銃に一発ずつ装塡してから、ボルトを閉めた。

からになったクリップをハーヴィーに返した。

「時間は?」

「あと一一分」

突風が吹いて、松葉が右から左に散り落ちた。

ハーヴィーがきかれる前に言った。「秒速四・五メートルってとこだな。四クリック右だ」

ネイサンがニコンのスコープのウィンテージノブをまわすあいだ、ハーヴィーはKowaのスポッティングスコープを調整した。狙撃体勢に入るときは、一メートル弱の距離を置いて並んで横たわることになる。ネイサンは銃を構え、レンズ越しに本拠地をゆっくり見まわした。「ロッジをゼロとしよう」

「了解」

「エレベーションは？」

「九クリック」

「了解、九クリックでゼロ。本拠地の向こう側はプラス三。手前側はマイナス二。それでいいか？」

「ああ」

ネイサンの銃は三〇〇ヤードに照準を合わせてあったので、六〇〇ヤードに合わせて射角を調整するときは一二クリックすればいいのだが、下方へ発射するため、三クリックマイナスする必要があった。

「始まるぞ」ＳＷＡＴの森林地帯用の迷彩服を着た六名の隊員が、交互に援護しながらきびきびとした動きで木から木へと前進し、南から本拠地へ近づいていった。「六時の方向、下」ネイサンはささやいた。

ハーヴィーがスコープを調整した。「とらえた。六人だな。側面にもうふたりいる。

さらに、西から八名近づいてくる」

ネイサンはふたつ目のチームに注意を向けた。六名の隊員が前進していて、二名が側面を固めている。ふたつのチームは互いに撃ちあわないよう、直交していた。正しい戦術だ。本拠地に近づいていく両チームの、ひそやかかつ正確な動きに感心した。太陽の下、木々のあいだを移動する際、彼らが身につけているものは何ひとつ光を反射しなかった。緑のヘルメットだけでなく、ブーツまでもがつや消し処理を施されている。一糸の乱れもなかった。

「変だな」ネイサンはつぶやいた。

「なんだ？」

「静かすぎる。人の気配も、なんの動きもない。木立を調べよう。おれは西側を見る」

ハーヴィーがスコープを調整し、本拠地の東側をゆっくりと見まわした。途中で動きを止める。「くそっ」

「どうした？」

「見張り番を発見。一五〇東、エレベーション三〇」

ネイサンはライフルを本拠地の中心から一五〇ヤード東に向け、高さ九メートルの木立を調べた。すぐに見つけた。木の上にシカのハンターが使うような台が組まれていて、そこに見張り番がいた。南から近づいてくるSWATチームのほうを双眼鏡で見ながら、無線機を使って話している。「気づかれている」

ハーヴィーはレンズをのぞいたまま、最大まで拡大した。「ネイト、見張り番が無線機を置いて、何か別のものを持った。リモコンのアンテナを伸ばしている」

ネイサンはライフルを再び南に向け、SWATチームの前方の地面を調べた。木々の合間から、大きなサトウマツの根元に松葉の山ができているのが見えた。本拠地から向かって、木の反対側にある。さらに見まわすと、山はさらにふたつあった。

「ちくしょう！　即席爆発装置(IED)かM18が仕かけられている。あの松葉の山だ」

「クレイモア地雷か」ハーヴィーがつぶやいた。

「SWATはシュレッダーに突っこんでいくようなものだ」

「距離は？」

「あと三〇メートルほど」

「くそっ、クレイモアの射程内だ。警告しないと。先頭の隊員の前方の地面に威嚇(いかく)射撃。エレベーション、マイナス二。発射可」

4

小型の無線スピーカーを通じて、サミー・ブリッジストーンの声がきんきん響いた。

「敵が来た」

アーニーは立ちあがり、兄のほうを見た。

「状況は？」レナードがきいた。

「ＳＷＡＴチームが南から接近中。少なくとも六名、たぶんもっといる！」

「落ち着け、サミー。連中は地雷原の周辺にいるか？」

「まだ。もうすぐだ」

「二〇メートル以内に入ったら、南の地雷を爆発させろ。数秒後に残りも爆発させたら、ぐずぐずしないで急いで戻ってこい。わかったか？」

返事の代わりに、雑音が聞こえてきた。

アーニーがＭ４カービンをつかむと、裏口に向かって駆けだした。「ひとりにしておけない。おれも行く」

「待て！」レナードは呼びとめたが、弟はすでに外へ出ていた。

ネイサンはエレベーションノブを二クリック戻して、ＳＷＡＴの先頭の隊員の六メートル前方に狙いを定めると、引き金を引いた。

銃が反動した。

およそ六一〇メートル離れた、隊員の前方の地面が弾けた。両チームが即座に体を伏せる。四秒後、少なくとも八つのクレイモア対人地雷が同時に爆発した。

上方から見たその威力はすさまじかった。木々がまるでおののくかのように激しく揺れた。そして、丸一秒経ってから、ネイサンたちのいる場所まで衝撃が伝わってきた。フットボール場くらいの広さの地面に、土埃（つちぼこり）や岩や裂けた木の枝が入り乱れている。もうもうたる土煙が西の谷間のほうへ流れていく。ネイサンはライフルを風向きと同じ方向に向け、もうひとつのチームを見た。地雷はほかにも仕かけられているだろうか。その答えは、五秒後にわかった。ふたたび激しい振動が生じ、西方の森が震えたかと思うと、続けて東で、さらに北で爆発が起こった。本拠地はいまや巨大なドーナッツのようで、中央の部分だけが無傷で、外側はめちゃくちゃだった。ネイサンはＣ４爆薬に関する知識を思いだした。一ブロックで何百個もの鋼球を六〇度の角度で外方向へ飛散する。名前の由来であるスコットランドの剣――クレイモアは、兵士たちを文字どおりなぎ倒すことができる。もしＳＷＡＴの隊員たちが地面に伏せていなければ……。

「あの木にいるくそったれを始末したい」ネイサンは言った。「十数名の捜査官を殺害しようとしたんだ」

「土埃がおさまるまで姿を確認できない」

「RF検出器で、連中が話しているかどうか調べよう」

ハーヴィーが右手を伸ばし、バックパックから検出器を取りだしてスイッチを入れた。「話しているようだ。一五メガヘルツ帯でスパイクが見られる。すぐ近くの信号だ。前はなかった」

「傍受できるか？」ネイサンは一応きいてみた。

「まさか、暗号化されているに決まっている」

「クレイモアがもう一周仕かけられているかもしれない」

「おそらくな。だが少なくとも、捜査官たちはもう気づいている。さっきの威嚇射撃で大勢の命を救うことができた」

ネイサンはうなった。木の上にいる男をどうしても仕留めたかった。

自動小銃の爆音が散発的に聞こえてきた。「行くぞ」ネイサンは言った。「ウィンテージ」

ハーヴィーはすでに四クリック右に合わせてあった。西へ流れる土煙の速度から、さらに一クリック右にまわした。

「木の台に調整」ネイサンは言った。

「エレベーションを二クリック戻してプラス一。右にもう一クリック。もう少しで見える……とらえた。ネイト、相手はライフルを持っている。SWATチームに向けている」

ネイサンは銃を木に向け、組んだ台の手すりに銃をのせて狙いを定めている男を見た。安っぽい通信販売の迷彩服と、光沢のある黒のブーツを身につけている。野球帽で顔が隠れているが、二〇代半ばに見えた。ネイサンは十字線を男の胸に合わせ、息を深々と吸いこんでから軽く吐きだした。


サミーのいる木まで半分くらい近づいたところで、アーニーの右側で最初のクレイモア地雷が爆発した。一瞬、時空がずれて大気が震えたような気がした。そのあと、激しい衝撃波を受けて、体が弓弦のごとく揺れ動いた。爆発がさらに続くことを知っていたので、アーニーはうずくまり、両手で耳をふさいだ。爆発が起こるたびに地面がものすごい勢いで震動する。フリーダムズ・エコーの周辺部が、土煙に覆われて見えなくなった。

アーニーは叫んだ。「おりてこい、サミー。早く」

「煙が晴れたらあいつらを撃ち殺してやる」

「サミー、いいからさっさとおりてこい。ずらかるぞ」

「発射可」ハーヴィーがささやいた。

ネイサンは引き金を引いた。

銃が反動して肩に当たった。

「命中」ハーヴィーが言った。「ど真ん中だ」

アーニー・ブリッジストーンはその音を聞いた。巨大な鞭(むち)を鳴らすような、超音速の銃弾が放たれた音。その衝撃で弟の体が震える様を、恐怖の目で見守った。サミーは高さ九メートルの木からぬいぐるみのように落下し、地面にドサリと落ちた。

「サミー!」アーニーは木の根元に駆け寄り、弟のだらりとした体を肩に担いだ。

「もうひとり来た」ネイサンは空薬莢(からやっきょう)を排出し、ボルトを閉めて装塡すると、走っている男の腰に十字線を合わせた。そのとき、背筋に震えが走るのを感じた。こういう不吉な予感は無視できない。これまで外れたことは一度もなかった。ネイサンは銃を小屋のほうへ向けた。開いた戸口に男が寄りかかっている。狙撃銃の銃口がこちらを向いていた。

「伏せろ！」

超音速の弾丸が空を切った。

ネイサンの背後で岩壁が破裂し、銅や鉛や花崗岩が飛び散った。何かが顔に刺さり、銃声が聞こえた。

ネイサンは銃を地面に向けて発射した。土埃が上がり、ネイサンとハーヴィーを包みこんで見えなくした。

「ハーヴ！」

「おれは無事だ」

ふたりが急いで後退するあいだ、ふたたび耳をつんざくような銃声が聞こえた。ちくしょう！　弾は一五センチも離れていない場所をかすめた。さらに三発撃ちこまれ、頭上の岩が砕ける。ネイサンは腕で顔を覆ったが、背中や脚に小さな傷ができて、血が流れはじめた。


アーニーは小屋に飛びこむと、サミーを床に寝かせた。銃創が致命傷にならなかったとしても、落ちたときの衝撃で死んでいるだろう。サミーの青い目はうつろだった。

「あいつら」アーニーは言った。「卑劣な野郎どもめ」

レナードは弟のシャツをつかんで引き寄せた。「もう少しで弟をふたりとも失うところだった。イーグル・ロックにスナイパーチームがいる。おれがおまえの命を救ってやったんだ。あと二秒遅ければ、おまえは撃ち殺されていた」

「それでもいい。おれがあいつらを皆殺しにしてやる」

「くそっ、アーニー、おれだって頭にきてるんだ。だがサミーのためにしてやれることは何もない。もう死んでるんだ。いまあそこに出ていったら、おれたちまで死んじまう。いつかなんらかの報復をすると約束するから」

「納得いかねえ」

「アーニー、逃げるぞ」

「くそったれどもが」

「アーニー、早くしろ」


ハーヴィーはしゃがみこんだ姿勢で、ネイサンを見上げた。「どうしてわかった？」

「言葉で説明できない。ただわかったんだ」

「あの男は腕がよかった。危うく撃たれるところだった」

「たぶんブリッジストーンの長男だろう。まだあそこにいるとは思えないが、配置を変えないとな。頭を吹き飛ばされずに、様子をうかがうことはできるか？」

「たぶん」ハーヴィーが匍匐前進し、スポッティングスコープを使ってのぞきこんだ。

「さっきはロッジの戸口に立っていた」ネイサンは、ハーヴィーが自分と同様に背中や脚のあちこちから血を流しているのに気づいた。

「いまは誰もいない」

「撤退しよう。木陰まで全力疾走だ。準備はいいか？」

「ああ」

ふたりは荷物を持って走りだし、開けた斜面を横切った。そして、数秒でサトウマツの木立に身を潜めると、口には出さないがほっとして顔を見あわせた。

「おれたちが公式に派遣されたわけじゃないのはわかっているが、SWATに合流するべきだと思う」ネイサンは言った。「クレイモアはもっと仕かけられているに違いないし、ロッジにスナイパーがいることも警告しないと。この土煙じゃ見えていないだろうから」

「おれたちが近づいていくってことを向こうに知らせないとな」ハーヴィーが言った。

「何かいい案はあるか？」

「ああ、叫べばいい」

「ほかにないのか？」

「悪いがない。相手はSWATだから、とにかくやってみるしかないな」

「なんだか後悔することになりそうな気がするよ」

「安心しろ、ハーヴ、おれに任せておけ」

ハーヴィーが鼻を鳴らした。「そう言うと思ったよ。まあ、死ぬにはもってこいの日かもしれないな。行こう」

ふたりはかさばるギリースーツを脱ぐと、山をおりはじめた。二分後、ふもとに到着した。SWATに見つかったときに脅威だと思われないように、ネイサンは銃を肩にかけた。ホルスターにおさめたシグ・ザウエルはそのままにしておいた。対人地雷で何度も攻撃され、間違いなく怒り狂っているSWATチームに丸腰で接近する気にはなれなかった。

ハーヴィーがスコープを取りだして、前方を見渡した。「一時の方向、一八〇メートル地点に偵察兵を発見。本当に行くのか？ あいつらは質問する前に発砲するぞ」

「ここで待ってろ」ネイサンはライフルをハーヴィーに渡し、バックパックをおろした。「ひとりで行く。おまえはおれが撃たれないようにしてくれ」

「任せろ」

ネイサンは木のあいだを歩いていき、一分弱でSWATの隊員の二〇メートル手前に到達した。ポンデローサマツの太い幹の陰に隠れ、ハーヴィーのほうを振り返る。一メートルくらい左に寄ると、ハーヴィーがOKサインを出しているのが見えた。さて、ここからが難しいが、ネイサンはうまくやる自信があった。隊員は倒木の枝の陰に身を潜めていた。小柄な男だとすぐにわかった。だが、〝神は人間を異なる大きさに創りたもうたが、サミュエル・コルトがそれを平等にした〟。それに、この男は平等どころではない。ネイサンの拳銃では、男の右手に握られているMP5に太刀打ちできない。しかも、SWATの隊員がその扱いに長けているのは間違いない。

偵察兵が隠れている倒木の枝は太く、直径が六〇センチメートル近くある。隊員の左側に扇形に広がっていて、ふさふさと枝分かれした先端が、ネイサンのほうを向いている。ネイサンはもう一度距離をはかった――およそ二〇メートル。隊員は片膝を突いて銃を構え、上半身を動かして周囲を見まわしている。四、五回見まわすごとに、そのまま円を描いて背後を振り返っていた。ネイサンは三〇秒間観察し、計画を思いついた。一秒一秒が貴重で、これ以上探っている余裕はない。MP5を乱射されないためには、タイミングがすべてだ。向こうがこちらを向いた瞬間に、自分の存在を知らせなければならない。少しでもタイミングがずれれば、自発的に姿を見せたわけではないと判断されるだろう。そしておそらく、時速一二八〇キロメートルの銃弾を浴びせられるはめになる。それだけはごめんこうむりたい。

行くぞ。

タイミングは完璧だった。隊員がこちらを向いたまさにそのときに、ネイサンは木の陰から身を乗りだして言った。「撃つな」命令と依頼の中間に聞こえるような、強い口調で言った。隊員の体に緊張が走ったのがわかった。

ＭＰ５が発射されるほんの一瞬前に、ネイサンはふたたび木陰に身を潜めた。銃弾が次々と撃ちこまれ、その振動を幹に当てた背中で感じた。木の両側から粉々になった樹皮がどっと落ちてくる。攻撃がやんだとき、排莢と装塡のために二、三秒の間が空いたのだとわかった。

「射撃を中断しろ。おれは味方だ」

「でたらめよ」女性の声だった。すでにチームの隊員たちと連絡を取っているだろう。ハーヴィーいわく質問する前に発砲する、怒り狂ったＳＷＡＴチームに包囲される前――おそらく三〇秒以内に、主導権を握らなければならない。説得力のあることを言う必要がある。

「おれの名前はネイサン・マクブライド」叫ぶように言った。「そっちの味方だ。クレイモアが爆発する前に、威嚇射撃を行ったのはおれだ」

「嘘」

「嘘じゃない」

「あなたが本当のことを言っていると確かめようがないわ」

「双眼鏡はあるか？」

返事はなかった。

「五時の方向、一八〇メートル地点を見てみろ。おれの相棒がライフルをきみに向けている。われわれがきみを殺す気なら、とっくに撃っている」その主張を彼女が確かめるまで、五秒くらいかかるだろうとネイサンは予想した。ところが、彼女はすぐに確認した。そして、不安が生じたようだ。スナイパーに狙われていると知ったときの気持ちならよくわかる。さっき経験したばかりだ。

「木陰からゆっくり出てきなさい」

「撃たないよな？」

「あなた次第よ」

「わかった。おれは拳銃を携帯している。きみが撃ったらふたりとも死ぬことになる」ネイサンは両腕を横に突きだし、ゆっくりと木陰から出て、隊員と向きあった。戦闘用ヘルメットのブームマイクに向かって何やらささやいている彼女は、地雷のせいで神経が張りつめているときに、戦闘服を着て顔に迷彩ペイントを塗った恐ろしい大男に出くわした。おまけに、相手は拳銃を腰につけているのだから逆らえないはずだ。実際、彼女は特殊部隊にいた兵士と向かいあっていて、その仲間に狙撃銃を向けられている。下手な動きをすれば、ハーヴィーは躊躇(ちゅうちょ)なく撃つだろう。彼女が行動に気をつけてくれればいいのだが。突然動いても、怪(あや)しい動きを見せてもだめだ。

「両手を頭の上に置いて指を組みなさい。早くしてください」

くださいと彼女は言った。いい兆候だ。ネイサンは要求に従った。

彼女がふたたびマイクに向かって話しかけた。こちらに向かっている隊員たちに返事をしているのだろう。ネイサンが右に目をやると、迷彩服を着た三名の隊員が、交互躍進している姿が見えた。あと二〇秒もしないうちに包囲されるだろう。「相棒に〝危険なし〟のサインを送りたい」

「動かないでください」彼女が先ほどより落ち着いた口調で言った。

仲間があと数秒で到着するから、安心したのだろう。ネイサンは両手を頭の上に置いたまま、最初にやってきた隊員のほうを向いた。オリーブ色のヘルメットをかぶり、透明のゴーグルをつけている。激しい怒りに満ちた表情をしているが、好奇心も少しまじっていた。森林地帯用の戦闘服は、埃や岩屑にまみれて灰褐色になっている。バックパックに焦げた松葉がくっついていた。地雷が爆発したときも先頭にいたのだ。地獄のような経験だったに違いない。MP5を腰に構えながら、ネイサンの三メートル手前で立ちどまった。血のついた手で、ほかの隊員たちに前進するよう合図する。さらにふたりの隊員が、さっとネイサンの前に現れた。彼らも埃と焦げた松葉に覆われている。先頭の隊員の合図を受けて、女性隊員が監視を再開した。

「マクブライドか?」先頭の男が聞いた。

そのひと言でじゅうぶんだった。オルテガはSWATに通知することができたのだ。

この隊員はネイサンが来ることを知っていたが、ポンデローサマツをずたずたにした女性隊員は知らされていなかったのだろう。

ネイサンはうなずいた。

「わかった。慎重に進めよう。ミスター・フォンタナに警戒態勢を解くよう伝えてほしい」

「手で合図を送る必要がある」

「どうぞ送ってくれ」

ネイサンは頭の上で組んでいた手を離してハーヴィーのほうを向いた。そして、ゆっくりと右手で拳（こぶし）を作ると、指の節を右肩に当てたあと、ふたたび頭の上で指を組みあわせた。

「感謝する」隊員が言った。

「なんてことない。きみのチームは超一流だな」

男の口元にかすかに笑みが浮かんだが、すぐに消えた。「あの威嚇射撃を行ったのはきみか？」

「ああ」

「楽にしてくれ」

ネイサンは手をおろした。

「三名が負傷し、一名が死亡した」

「残念だ」

「肩の首に近い場所に破片が突き刺さって、頸動脈が切れたんだ。だがもっと犠牲者が出てもおかしくなかった」

ネイサンは男の血まみれの手に視線を向けた。「建物の近くにさらにクレイモアが仕かけてあるだろう」

「作戦は一時保留の状態だ。わたしはサクラメント支局テロリズム合同特別捜査班、主任捜査官補のラリー・ギフォードだ」男が近づいてきて、右手を差しだした。

ネイサンはべとつく血の感触を気にせず、握手をした。「隊員が亡くなったことは本当に残念だ」

「ああ」

「負傷したふたりの具合は？」

「ひとりは木の枝が当たって脳震盪を起こした。だがヘルメットをかぶっていたおかげで、命に別状はない。もうひとりは肩を脱臼したが、こちらは防弾チョッキに命を救われた。地雷が爆発してから約一分後に銃声がして、そのあと、本拠地のほうから数発聞こえてきたのだが」

「地雷を爆発させた男をおれが始末した。そいつは木の上に組まれた台にいて、狙撃銃できみのチームを狙っていたんだ。もっと早く気づかなくてすまなかった」

「きみは何も悪くない。クレイモアが爆発したときに、われわれが地面に伏せていなければ……」ギフォードがネイサンの服に目をやった。「出血しているな」

「そのあと本拠地にいた男が撃った弾が、われわれの頭上の岩に当たったんだ。向こうは曲射を仕かけてきて、もう少しで撃たれるところだった」

「治療が必要か？」

ネイサンはかぶりを振った。「かすり傷だ」

「それでも一応、うちの衛生兵に診せよう。ミスター・フォンタナを呼んでもらえるか？」

ネイサンはハーヴィーがいるはずの場所に向かって、かすかにうなずいてみせた。ハーヴィーが立ちあがって姿を見せ、木々の合間を縫って走ってきた。

三〇秒後にハーヴィーが到着し、ネイサンが引き合わせをした。

「われわれが来ることを、きみ以外は知らなかったんだな？」ネイサンは確認した。

「そのとおりだ」ギフォードは悪びれる様子もなく答えた。

「当然の判断だ。ここに味方がいると知らせていたら、隊員たちは肝心なときに躊躇して、殉職（じゅんしょく）するはめになるかもしれない。ＳＷＡＴの制服を着ていない人物は誰でも敵だと思わせておく必要があった。おれでもそうしただろう。われわれにとっては危険だが」

「それが条件だった、ミスター・マクブライド。そうでなければ、きみたちを参加させることに同意しなかっただろう。うちのスナイパーチームを峡谷の北端に配置している。きみが仕留めたという狙撃手を発見することはできなかったが、ずっときみたちの動きを追っていて、異なる周波数を使用してわたしにだけ報告していたんだ。きみはさっき、うちのチームを超一流だと言ってくれたが、うちの連中はきみたちが風景に溶けこんでいたと言っていたよ」

「これからどうするんだ？」ネイサンはきいた。

ギフォードは本拠地のほうを振り返った。「シエラ陸軍倉庫から爆発物係を呼び寄せた。アメデ飛行場からブラックホーク二機がこちらに向かっている。一時間以内に到着する予定だ。われわれの爆発物調査班だ」

「ＦＢＩの？」

ギフォードはうなずき、隊員たちを見たあと、ネイサンとハーヴィーを指差して言った。「コリンズ、ダウディー、このふたりが参加する。本拠地の周辺三キロ以内を封鎖しろ。最初の爆発があった輪の外側に全員避難させるんだ。ロッジのドアと窓を常に監視しろ。到着したヘリコプターをロケットランチャーで撃墜されないように」

先頭の男がマイクに向かって話しかけながら、ふたりは走って本拠地のほうへ戻っていった。

「おれが見た限りでは三人いた」ネイサンは言った。「ひとりは仕留めて、残りのふたりはいまもロッジにいて、そのうちひとりがライフルを持っている」

ギフォードが横を向き、小声でマイクに向かって話しかけたあと、ネイサンとハーヴィーのほうに向き直った。「率直に言おう。きみたちがここに来ると聞いたとき、わたしは憤慨したが、いまでは感謝している。きみたちが参加しないなら、夜襲をかける予定だった。行方不明になっている捜査官についてはみんな知っている」ギフォードが合図を送り、女性隊員を呼び寄せた。「われわれを護衛しろ」それから、ネイサンとハーヴィーに向かって言った。「一緒に来てくれ」森の奥に向かって歩きはじめる。

ネイサンはハーヴィーと視線を交わしてから、あとについていった。五〇メートルほど歩いたところで、ギフォードが立ちどまって振り返った。そして、ポケットから小さな紙を取りだしてネイサンに渡した。手書きで電話番号が書かれている。

「六時間後に電話してくれ。きみたちさえよければ、明日の夜、頼みたい仕事がある」

5

「トンネルだと?」ストーン・マクブライド上院議員はいらだちを隠せなかった。受話器をきつく握りしめる。「それを誰も知らなかったというのか?」

リーフ・ワトソンは一瞬、口ごもってから答えた。「そうです、サー。もしオルテガ特別捜査官が気づいていたら、報告したはずです」

ストーンは現地報告を行わせるために、ワトソンを夜間飛行便でカリフォルニアに送りこんでいた。自分も行けばよかったと思わざるを得ない。

「主任捜査官補のラリー・ギフォードが一緒にいます。スピーカーで話しています」

「ギフォード主任捜査官補、よろしく」

「はい、マクブライド上院議員」

「ジェームズ・オルテガの痕跡(こんせき)は?」

「ありません」ワトソンが答えた。

「敷地内をくまなく捜索するように。万策を講じて、本拠地を引っかきまわせ。犬でもなんでも使って、とにかく、ジェームズ・オルテガを見つけるんだ」

「了解しました。わたしが責任を持って引き受けます」

ストーンは目をこすった。「セムテックスの件は？」

「パレット数台に、クレートが頭の高さまで積まれています」

「どのくらいの量だ？」

「約七三〇キログラムです」

「それで全部か？」

「一〇箱分が見つかっていません。約一八〇キログラムです」

「つまり」ストーンは言った。「襲撃によってセムテックスの四分の三を回収し、ブリッジストーンの三男を始末したが、同時にきみの同僚が一名殉職し、一八〇キログラムのセムテックスと組織のリーダー二名を取り逃がしたというわけだな。残念ながら成功とは言えないな」

受話器の向こう側で気まずい沈黙が流れた。

ラリー・ギフォードが口を開いた。「もっと悪い結果にもなり得ました」

ストーンは何も言わず、ギフォードが先を続けるのを待った。

「われわれは峡谷の南端にスナイパーチームを配置していました。そのチームがリモコンを持っている組織のメンバーを発見し、状況から判断してSWATチームの前方に発砲したのです。それで、クレイモア地雷が爆発したとき、チームは地面に伏せていました。そうでなければ、さらに十数名の捜査官を失っていたでしょう」

「それが公式の話ということだな？」ストーンはきいた。

「そうです」

「なら、それでいい」ストーンも、ギフォードとワトソンも、本当の話を知っている。威嚇射撃をしたのはネイサンだ。冷血なスナイパーが、またもや勝利をおさめたのだ。

「そのトンネルとやらについて話してくれ」

ギフォードが答えた。「ロッジに突入する前に、スタン手榴弾と催涙ガスを使いましたが、対象はとっくに逃げていました。西の壁のコンクリートをのこぎりで切ったあと、削岩機で取り除いた跡があって、その下が枕木で補強したせまい空間になっていました。そこから直径約八〇センチメートル、長さおよそ一・五キロメートルのコンクリート管につながっていたのです。かなりの費用がかかったでしょう。水上スキー板の下側にスケートボードの車輪を取りつけたものをそりのように使用してトンネルの中を移動していたようです」

「昨日、一八〇キログラムのセムテックスを引っ張っていくことはできなかったな」

「数日前、ジェームズ・オルテガ捜査官の報告が途絶えた直後に運びだしたものと思われます。トンネルは一・六キロ近く離れた本拠地の西側で三本に分かれており、足跡を約八〇〇メートルたどって、オフロード用のクワッドランナーにかぶせてあった迷彩ネットを発見しました。タイヤの跡は西の谷間へ続いていました。約二五キロ先の林道でタイヤの跡はとぎれていて、そこで何者かと接触したのだと思われます。おそらく、トレーラーかトラックの荷台に乗せてもらったのでしょう。その方向で調べていて、周辺のガソリンスタンドやコンビニエンスストアに聞き込みを行ってはいますが、クワッドランナーを乗せたトレーラーなどよく見かけますからね。とにかく、全力をあげて手掛かりをつなぎあわせています」

「そのまま続けてくれ」ストーンはひと息入れてからきいた。「襲撃中、わたしの息子に会ったか？」

「はい、クレイモアが爆発したあと、チームに接触してこられました」

「あいつをどう思った？」

「その……どうとは？」

「どんな印象を持った？」

「場慣れしているな、と。緊迫した場面でも落ち着いて見えました。敵じゃなくてよかった、心からそう思います」

「ああ、そういう男だよ」

「ご子息はすばらしい兵士です――でした。国に多大な貢献をされました」

「そのとおりだ」

「ご子息にもうひとつ仕事を依頼したんです」

「というと？」

「サクラメント郊外に住んでいるブリッジストーンのいとこたちと話す必要があります。刑務所を出たり入ったりしているような連中です。襲撃の一週間前に、そのいとこたちの農家を監視下に置きました。何か知っているかもしれませんし、ブリッジストーンが連絡してきたり、訪ねてきたりする可能性もあります。望みは薄いですが、追う価値はあります」

「それで、ネイサンに尋問させるつもりか？」

「はい、格式張らずに話をしてもらいます」

「なるほど。あいつならきみたちができないようなやり方で、ブリッジストーンのいとこたちと話ができると思うよ。そういうことだろう？」ギフォードは返事をしないとわかっていたので、ストーンは言葉を継いだ。「わかった。それなら、ここだけの話にしておこう」

「そうしていただけると助かります」

「ということは、ネイサンはきみの部下になるわけだな。ギフォード主任捜査官補、何かあれば、いつでもワトソン特別捜査官に直接言ってくれ」

「恐れ入ります、そうさせていただきます」

ストーンは最後にもうひとつだけ質問した。「ジェームズ・オルテガは死亡したと思うか？」短い沈黙が流れた。

「生きていると思いたいですが、それはまずないでしょう。ブリッジストーンはＳＷＡＴチームを全滅させようとしました。ジェームズ・オルテガが正体を見抜かれたのなら、尋問されたあと、すぐに殺されたでしょう。彼を生かしておく理由がありませんから。本拠地の半径八キロ以内の建物をすべて捜索させましたが、見つかりませんでした。本拠地につながる道路を封鎖しました。埋められている場合を想定して、明日は死体捜索犬チームを呼びます。今日はこれから、カリフォルニア州森林局と連携して、ラッセン郡騎馬保安官チームとＦＢＩのヘリコプター二機で、半径三二キロ以内を捜索する予定です。できる限りの手段を講じて、捜査官を見つけるべく全力を尽くしています」

「シエラ陸軍倉庫の司令官に連絡して、小隊をいくつか招集できるかどうかきいてみよう。ブラックホークも調達しよう」

「ありがとうございます。本当に助かります。人手が多ければ多いほど、発見する可能性も高くなります」

「慰めになるかどうかはわからないが、ギフォード主任捜査官補、わたしはそのブリッジストーン兄弟とやらを見せしめにしてやるつもりだ」

「痛み入ります、マクブライド上院議員」ギフォードが言った。「そのときはわたしにもお手伝いさせてください」

ネイサンとハーヴィーにとって、また長い一日が始まった。昨日はギフォード主任捜査官補と話したあと、脚の傷口を少し縫って包帯を巻いた。怪我（けが）した脚では座り心地が悪かったものの、サンディエゴまでの帰りのフライトは無事に終え、夜遅くに到着した。そして、今日は早朝に、ミッション・ヴァレーにあるカフェでオルテガ親子と会い、ギフォードから電話で知らされた最新情報も盛りこんで、フリーダムズ・エコーの襲撃に関する報告をした。彼らの声や身振りに失望の色がありありと表れていたが、ネイサンとハーヴィーが新たな任務を引き受けたと聞いて、励まされた様子だった。

そのあと、ふたりはふたたびサクラメントに飛ぶため、モンゴメリー・フィールド空港で午後六時に待ちあわせる約束をし、別行動を取った。ハーヴィーはオフィスに立ち寄っていくつか契約をまとめたあと、長男のルーカスの誕生日を祝うため家に帰るそうだ。

ネイサンは眠りたかった。集中力が切れている。眠れるときに眠る――海兵隊にいた頃に決めたルールだ。この二日間で六時間も寝ていないし、今夜はふたたび長時間のフライトを控えている。その前に、マーラに電話をして、トビーがまた問題を起こしていないかどうか確かめなければ。ネイサンは暗記している携帯電話の番号を入力した。

「あの問題児がまた迷惑をかけていないかい？」

「ええ、大丈夫。もう二度と現れないと思う。お金をありがとうって、カレンからの伝言よ。いま便利屋が来ていて、壁やガラスのドアを直してもらっているところ。モバイルリンク機能のついた防犯システムにアップグレードしたいってカレンが言っているわ」

「そうしたほうがいい。手配しておくとカレンに伝えてくれ」

「あなたって本当にいい人ね」

「じゃあ、元気でな、マーラ」

「またね、ネイサン」

どうやらトビーに関する自分の見立ては間違っていなかったようだ。しばらくして、携帯電話が鳴った。ハーヴィーからだった。「どうした？」

「会社に行ったら、とんでもない話を聞いた」

「なんだ？」

「昨日、うちで働きたいという大男がやってきたそうだ。ギャヴィンは荒くれ者と呼んでいる。右腕をギプスで固定していて、ジョージ・フォアマンと一〇ラウンド戦ってきたように見えたんだと。心当たりはあるか？」

「あるかもしれない」

「まさか……」

「そのまさかだ」ネイサンはハーヴィーのため息を聞いた。

「身元調査をパスできると思うか？」

「さあな。たぶん無理だと思う」

「面倒なことをしてくれたな」

「やりがいがあるだろう」

「とにかく調べておくよ。前もって言ってくれればよかったのに」

「すっかり忘れていた」

「頼むからちゃんと睡眠をとってくれよ。操縦席（アット・ザ・スティック）で居眠りされたらたまらない。おまえを起こすのは危険な仕事だからな。ヘリコプターの中ならなおさらだ」

「スティックじゃなくて、サイクリックだ」

「どっちだっていい」

「誕生パーティーはどうだった？」

「間に合わなかった。ラッセン郡で国家安全保障問題にかかずらっていたせいでな」

「そういう意味じゃない」

「わかってるよ、全部聞きたいか、それともかいつまんで話すか？」

「短いバージョンにしてくれ」

「だろうな」ハーヴィーがぶつぶつ言う。「前庭の木に引っかかっていたトイレットペーパーを片づけるのに一時間かかった。そのあと、プールの水を抜いた。なんでだか知らないが、ピンクに染まっていたから。だけど、それより最悪だったことがある」

「なんだ？」

「ルーカスの友達が〝お誕生日おめでとう、ルーカス〟ってガソリンで芝生に書いたあと、火をつけたんだ。信じられるか？　大事にはいたらなかったけど、まったく、最近の若者ってやつは」

「一〇代の若者なんてそんなもんだ」

「やれやれ。ルーカスに元どおりにさせるつもりだ。明日の朝に新しい芝が届くことになっている。一日じゅうかかるだろう。キャンディスが一カ月間、外出禁止の罰を与えた」

ネイサンは含み笑いをした。

「ああ、笑えばいいさ。ちょっと留守にしただけで、この有り様だ」

「それが最悪の出来事だっていうんなら、幸せだぞ」

「そうは思えないが」

「自分が若い頃にしたことを思いだしてみろよ」

「それもそうだな」

「じゃあ、六時に」


真夜中近くに、ネイサンはサクラメント・エグゼクティヴ空港の、前回とまったく同じ場所に着陸した。ふたりとも疲れきっていて、トイレに行きたかった。南側の格納庫のそばにセダンが停まっている。淡いナトリウム灯の下では、ダークブルーか黒か判別できない。ヘッドライトが一度点滅した。

「ＦＢＩのお仲間だな」ハーヴィーが飛行用ヘルメットを脱ぎながら言った。

「ああ」

「心の準備はできてるか？」

「あまり」

「昔と同じようにやればいいだけだ」

「それがいやなんだ」

ネイサンが停止の手順をこなすあいだ、ハーヴィーが雑嚢と旅行鞄を取りに行った。

雑嚢にはガンベルト、予備の弾薬、暗視バイザー、足用のシースにおさめたフォックス・アメリカ海兵隊（USMC）プレデターナイフ二本、ダクトテープ、LED懐中電灯が入っている。

　ヘリコプターから降りると、ネイサンはいつものように機体をぽんと叩いてから、鍵をかけた。セダンから捜査官たちが降りてきて、こちらに向かって歩いてくる。男性捜査官は仕立てのよい黒のポロシャツとプレスのきいたズボン、高価そうな靴を身につけている。女性捜査官はおろしたての青いジーンズにハイキングブーツ、白いシャツといういでたちだ。ふたりとも右腰のホルスターにグロックをおさめている。女性捜査官は〝本物〟に見えるが、男性捜査官はファーストフード店のメニューの写真のように、やや見かけ倒しという感じがした。

「ミスター・マクブライドとミスター・フォンタナね？　わたしはサクラメント支局主任捜査官のホリー・シンプソン。彼はブルース・ヘニング特別捜査官よ」ひととおり握手を交わしたあと、ファーストネームで呼びあうことに決めた。セダンに向かって歩きながら、ネイサンは捜査官たちを評価した。シンプソン主任捜査官は小柄だが、態度は堂々としている。握手も力強かったし、自信がみなぎっている。肩まで伸ばした黒い髪は、長すぎず短すぎず、ちょうどいい。それに、ネイサンの顔の傷を見ても動じなかった。一方、ヘニングは傷を凝視し、部外者が捜査に加わることに対する怒りをあらわにしていた。その気持ちはわかるとはいえ、最悪だ。中肉中背で、髪はきちんとブローされ、謎めいた鋭い目つきをしている。どうも好きになれなかった。

「きみの部下のこと、お悔やみを言わせてくれ」ネイサンはホリーに言った。

「ありがとう」

「ブリッジストーンのいとこに対して、きみたちは具体的に何をする権限を与えられたんだ？」ヘニングがきいた。

ネイサンは立ちどまり、ヘニングと向きあった。ヘニングの口調は明らかに攻撃的だった。〝わたしの知らないところで、おまえたちのような人間の好きにはさせないぞ〟

ネイサンは身を乗りだしてヘニングの目をのぞきこんだ。「おれたちはやつらを拷問にかける権限を与えられたんだよ、ブルース。何か問題はあるか？」

ヘニングはネイサンをじっと見つめ返した。「彼らがフリーダムズ・エコーに関与している証拠はない。ただの田舎者だ」

「その証拠を見つけるために来たんだ」

「ねえ」ホリーが口をはさんだ。「ＦＢＩはあなたに感謝しているのよ。あなたが威嚇射撃をしてくれたおかげで、大勢の命が救われた。でも、わたしたちがこういった捜査方法をよく思わないことは理解してちょうだい。ＦＢＩの人間には許せないことなの。わたしたちの倫理に反することだから」

「あれはきみだったのか？」ヘニングがきいた。「襲撃のときのスナイパーか？」

「おれたちふたりだ」ネイサンは顎でハーヴィーを示した。

ハーヴィーが口を開いた。「ふたりとも引退した身だ。今回のことは、親しい友人に個人的に頼まれてやっただけだ」

「フランク・オルテガね」ホリー・シンプソンが言った。

ハーヴィーがうなずいた。

ホリーがヘニングを見て言った。「行きましょう」

「たいしたヘリコプターだな」ヘニングが言う。「きみのか？」

ネイサンは質問に答えず、セダンの後部座席に乗りこんだ。

ヘニングは何やらつぶやいたあと、トランクの鍵を開けた。ハーヴィーが荷物を入れてから、ネイサンの隣に座った。

「トイレに行ってコーヒーを飲みたいから、どこかに寄ってもらえるか？」ネイサンはきいた。

運転席に乗りこんだヘニングが、いい迷惑だと言わんばかりの顔つきで、助手席にいるホリー・シンプソンを見た。

〝おれたちは四時間もヘリコプターを操縦してきたんだぞ、このぼんくら〟ネイサンはヘニングの後頭部を叩いてやりたかった。

「二キロくらい行った先にデニーズがあるわ」ホリーが言った。

ヘニングは外来機駐機場の自動ゲートを通過すると、ゲートが閉まるのを待ってから発車した。ホリー・シンプソンがブリッジストーンのいとこたちの経歴と、自宅の間取りについて説明しはじめた。簡潔に言うと、彼らは軽犯罪を繰り返す、ありふれた負け犬だ。成人してから、飲酒運転、薬物所持、窃盗、浮浪、不法侵入、歩道でのつば吐きなど、ありとあらゆる反社会的行為を犯し、刑務所に入っていた。ふたりとも仮釈放中の身で、おそらく一生そうだろう。似た者同士だ。缶ビールの六本パックとテレビさえあれば大満足という連中。サクラメントの外れで同居し、たまに小さな自動車修理工場でアルバイトをしたりして暮らしている。彼らの父親のベン・ブリッジストーンは現在、三振法によってペリカン・ベイ刑務所で終身刑に服している。

ヘニングがデニーズの駐車場に車を停め、エンジンを切った。沈黙が流れ、ネイサンはハーヴィーと視線を交わした。

「きみたちは何かいらないか？」ハーヴィーがきいた。

「いいえ、結構よ」ホリーが答えた。

ヘニングはじっと前を向いたままだ。

ネイサンとハーヴィーは車から降りると、デニーズの入り口に向かって歩きはじめた。

「ヘニングはむかつくやつだ」ネイサンは言った。

「うまくやれよ」

「あいつをおれに近づけるな」

「彼はただ、部外者が捜査に加わることが気に食わないだけだ。扱いにくい人間だとは思わない。向こうの立場だったら、おれたちも同じように感じただろう」

ネイサンはうめき声をもらした。入り口の上にある蛍光灯が一本切れかかっていて、耳障りな音をたてながら明滅していてる。近くにあるごみ収集容器から悪臭が漂ってきた。店内に入ると、ネイサンはトイレを使い、ハーヴィーがコーヒー二杯をテイクアウトで注文した。そのあと、ハーヴィーが入れ替わりでトイレに行き、ネイサンは二〇ドル紙幣で支払いをして、釣り(つ)はいらないと言った。夜勤はきついだろうし、ネイサンもハーヴィーも、自分の機嫌が悪いときでさえ気前がよかった。

駐車してから四分後、一同はふたたび車を出し、五〇号線を東に進んだ。約三〇分走りつづけ、最後の一〇分間は誰もしゃべらなかった。道路は徐々に、鉄条網が張られた暗い田舎道に変わった。シエラネヴァダ山脈の丘陵(きゅうりょう)地帯はほとんどが牛馬の畜産農家だ。西方に、サクラメントのオレンジ色の光を背に受けた、家畜小屋や小さな家が見えた。ヘニングは速度を落とし、ハイビームを二回点滅させてから、路肩に駐車してあるグレーのバンのうしろに車を停めてエンジンを切った。

「ここで待っていて」ホリーはそう言って車から降りると、監視バンに近づいていった。後部ドアが開き、中に乗りこむ際に、一面に並んだブラックボックスやビデオモニターがちらりと見えた。

「こういったやり方をＦＢＩは認めたんだ」ヘニングが言った。

「だが実際、認めたんだ」ネイサンはあくびをしながら言った。「それに、おれたちはＦＢＩの人間じゃない」うんざりして、窓の外を見つめた。「上からの指示に、きみは黙って従う。それでいいじゃないか」

「それでいいって？　命令に従っているだけでいいというのか？　ニュルンベルクみたいだな」

ネイサンは取りあわなかった。

「きみは何者なんだ、マクブライド？　元ＣＩＡの尋問官か何かか？　燃えつきた雇われスパイか？」

「きみはＦＢＩにいるんだから、自分で調べればいい」

「きみの勤務記録は、国防総省の機密扱いにされていた」

「だから？」

「きみの正体がわからないのが気に入らない」

ネイサンは身を乗りだしてささやいた。「おれたちは警備会社を経営しているまっとうな実業家だ。お望みなら、顧客名簿を提出してやるよ」

「口が達者だな、マクブライド」

ネイサンは脚でハーヴィーの脚を小突いた。

「具体的に何を知りたいんだ？」ハーヴィーがきいた。「それって本当に大事なことか？　おれたちが細かい経歴を打ち明けたとして、それがなんになる？　そんなことを知ったって状況がよくなるわけじゃないだろう」

「まず第一に、知らない相手と手を組みたくない。危機にさらされたときのために、きみたちが信用できる人間かどうか知っておきたい」

「こっちも同じことを考えているとは思わないのか？」ハーヴィーが言った。「だがおれたちは味方同士だ」

「味方なもんか」

ネイサンはため息をついた。ヘニングは井の中の蛙だ。ＦＢＩの人間以外は仲間ではないのだ。しかし、ＦＢＩの人間にありがちな態度というわけではない。それほど多くはないものの、これまで会ったことのあるＦＢＩ捜査官はみな控えめでプロ意識が高かった。滅私奉公タイプだが、ネイサンは彼らのことを心の底では尊敬していた。そうでなければ、オルテガ家に借りがあろうと、この仕事を引き受けなかっただろう。

「何か忘れていないか？」ネイサンはきいた。

「なんのことだ?」ヘニングがきき返した。

「行方不明になっている一八〇キロのセムテックスだ。見つけたくないのか?」

ホリー・シンプソンがバンから出てきて、ネイサンが座っている座席の窓に近づいてきた。

ネイサンは窓を開けた。

「あなたたちの出番よ」ホリーが言う。「この二時間、いびきの音しか聞こえてこないそうよ。すべての部屋に盗聴器を仕かけてあるの。ふたりとも、玄関を入ってすぐのところにあるリビングルームで寝ているわ」

ネイサンとハーヴィーは車から降り、ヘニングがトランクを開けた。ハーヴィーは雑嚢を道路に置いてファスナーを開けると、ガンベルトを取りだし、一本をネイサンに渡した。それから、LED懐中電灯二本とダクトテープ二巻が入った黒の小さなウエストポーチを取りつけた。

「犬は?」ネイサンはきいた。

「いないわ」ホリーが答えた。「犬を飼う責任を背負えるとは思えないし」

「ひとつだけ条件がある」ネイサンは雑嚢から暗視バイザーを取りだしながら言った。

「いまさらそんなことを言われても遅いわ」

「これから起きることはいっさい記録に残さないでくれ。きみたちが聞いているのはかまわないが、ブラックボックスは止めてくれ。いいか？」ネイサンはプレデターナイフを足首に取りつけた。

ハーヴィーも同じようにした。

ネイサンは暗視バイザーを頭に装着した。「本気で言っているんだ。そうしてもらわないと……面倒なことになる」

「脅しているのか？」ヘニングがきいた。

ネイサンはヘニングを無視して、ホリーをじっと見つめた。「それでいいか？」

ヘニングが一歩詰め寄ってきた。「われわれを脅すことなどできない」

ネイサンはホリーを見据えたまま、ヘニングの顔を指差した。

「その指を引っこめろ」

「ホリー？　どうなんだ？」

ホリーはヘニングをちらりと見てから、ネイサンに視線を戻した。「わかったわ」

ネイサンはハーヴィーのほうを向いた。「行くぞ」

ふたりが歩み去ったあと、ホリーはヘニングに言った。「出すぎたまねをしないで。この捜査の責任者はわたしよ。わかった？」

「わたしはただ――」

「言い訳はいいから、これ以上わたしを疲れさせないでね」

6

母屋に向かって歩いていきながら、ネイサンとハーヴィーは暗視スコープのスイッチを入れた。ＥＸ ＰＶＳ14－Ｄは第三世代の最先端の装置で、アメリカ軍が使っているのと同じモデルだ。小型だからバイザータイプのヘッドギアに取りつけられ、邪魔になるときはモノキュラーを回転させて上に上げておくこともできる。これを使用すると、内部のレンズが緑色の画像に焦点を合わせ、夜が昼に変わる。ふたりとも右目でモノキュラーを使うのが好きだった。周囲の世界がはっきりし、ほとんど真っ暗なのにアスファルトの道路の境界線も見える。約一八〇センチメートル幅の地役権を主張するため、道の両側に五本の有刺鉄線が平行に張られている。左手の奥の農場に牛が寝そべっていて、こちらを見ていた。はるか頭上の薄雲が反射する街明かりだけで、装置は作動する。

「突入しよう」ネイサンは言った。「ショック攻撃だ。おれは部屋の左側を受け持つから、右側を頼む」

「どれくらい手荒にやる？」

「どうだろう。軽度から中度ってとこじゃないかな。ヘニングの言うとおり、やつらは生きるために最小限必要なことをしてその日暮らしをしている田舎者にすぎない。今夜もそれは同じだろう。もし抵抗したら、よほどの理由があるってことだ。締めあげて吐かせよう」

二〇メートル先の道路の右側に、農場の入り口が見えた。間に合わせの門で、周囲にビールの空き缶が散らばっている。出かけるときに捨てていくのだろう。雑草がはびこる地面についた二本のタイヤ跡は、母屋のほうへまっすぐ向かっている。ネイサンはハーヴィーに向かってうなずいた。ふたりは銃を抜き、闇に紛れて門を通り抜けた。ホリー・シンプソンの説明によると、母屋は四エーカーの敷地の中央に立っていて、使っていない農地に囲まれている。三〇メートル北に、独立した一台用のガレージがあり、扉は母屋に面している。近づいていくと、古びたピックアップトラックが二台見えてきた。どちらもさびだらけであちこちへこんでいて、テールライトは壊れ、タイヤはすり減っている。登録証はついていなかった。数百メートル離れた敷地の片隅に、一メートルくらいの高さまで大きなパイプが伸びている。てっぺんに古い風車がついていて、井戸ポンプと圧力タンクの輪郭が見えた。母屋はペンキがはげていて、小さいほうだ――六五平方メートルくらいだろう。汚れた玄関の両脇にある窓に、シーツがカーテン代わりにかけてある。木の階段がポーチにつながっていた。

ネイサンは立ちどまり、左手を握って上に上げた。

階段の最上段の板に紐が張り渡され、左端が手すりの支柱に結びつけられていた。右端は反対側の支柱に巻きつけられたあと、玄関前に並んだビールの空き瓶まで続いている。暗視スコープ越しに、ミラーのラベルがはっきり見えた。この仕掛け線に足を引っかけると、一番うしろの瓶が引っ張られてドミノ倒しになり、大きな音をたてる仕組みになっているのだろう。金のかからない、頼りになる防犯システムだが、無知な泥棒にしか通用しない。

ネイサンはハーヴィーのほうを向いて、指で紐を引く仕草をしてから、階段を指差した。ハーヴィーがうなずいた。ネイサンは足首のシースからナイフを抜くと、慎重に紐を切り、切れ端を階段の脇に放った。それから、一段目に足をのせて少しだけ体重をかけ、きしまないのを確かめてから、ゆっくりと上がった。まったく音がしない。これまでのところは順調だ。同じ手順で残りの階段を上がると、左の窓と玄関のあいだの壁に体をぴったりとつけた。ハーヴィーにうなずくと、ハーヴィーもそっと階段を上がった。

ネイサンは身をひるがえし、玄関のドアと向きあった。「赤外線をオン」小声で言った。

ふたりは手を伸ばし、暗視スコープのノブをまわした。画像の下隅に、赤外線スポットが作動していることを示す小さな赤い点が見えた。玄関のドアが明るくなり、装置が自動的に画像の明度をさげて補整した。

ハーヴィーがネイサンの背後に体を寄せた。

ネイサンは口元をほころばせた。ネイサン・マクブライドの出番だ。

右足でドアを強く蹴った。

ドアが勢いよく開き、木の破片や埃が飛び散った。

暗視スコープの緑の画像で、何もかもが見えた。

眠っていた男たち――ひとりは安楽椅子にもたれ、もうひとりはソファで丸くなっていた――がぱっと目を開けた。ネイサンは安楽椅子に近づいていき、そこに座っていた男を銃の台尻で殴った――気絶させるほどではないが、めまいを起こさせるのにじゅうぶんな強さで。

ハーヴィーが銃口をソファに寝ていた男の額に押しつけた。「動くな」

男は起きあがろうとした。「いったいなんの――」

ハーヴィーは男を殴った。

男はうめき声をあげて染みのついたソファに倒れこんだ。ハーヴィーは銃を持っていないほうの手でウエストポーチのファスナーを開け、ダクトテープを取りだした。

ネイサンは安楽椅子の男を床に引きずりおろしてうつ伏せにした。テープを受け取り、銃を置いてから、男をうしろ手に縛った。そして、一五センチの長さに切ったテープで口をふさぎ、テープをハーヴィーに返すと、ハーヴィーもソファの男に同じことをした。

ドアを押し破ってから対象を圧倒して動けなくするまで、八秒もかからなかった。

昔と同じだ、とネイサンは思った。「家の中を見てきてくれ」小声で言った。

ハーヴィーが廊下の奥へ姿を消し、二〇秒で戻ってきた。「異状(クリア)なし」

「準備をしよう」

ハーヴィーがダイニングルームから椅子を運んできた。〝ダイニング〟ルームと呼ぶ気になれない。この男たちは食事(ダイニング)をとるというより、単に物を口に入れているだけだろうし、見たところ、ぼろぼろこぼしているようだ。ネイサンは暗視装置を外してスイッチを切ると、ポケットからレンズのキャップを取りだした。

「暗視をオフにしたか?」

ハーヴィーも電源を切り、レンズに蓋(ふた)をした。そして、ふたつのバイザーを外へ持っていき、玄関ポーチに置いた。ネイサンが壁のスイッチを入れると、天井の裸電球の明かりがついた。

「うわっ、ひどいな」ネイサンは言った。ウェイン邸(バットマンの豪邸)のような眺めを期待していたわけではないが、ここはさながら恥の博物館だ。暗視スコープの緑の画像でひどく散らかっているのはわかっていたとはいえ、カラーで見ると次元の違う不潔な世界が広がっていた。居間のテーブルはすり減ったタイヤ三本を積み重ねて、その上にペンキを塗ったベニヤ板をのせたものだった。ごみがそこらじゅうに散らばっている——ビール瓶。スープやチリの空き缶。牛乳の容器。丸めたペーパータオル。リンゴの芯。ピーナッツの殻。キャンディーバーの包み紙。食べかけのホットドッグやハンバーガー。電子レンジで作るポップコーンの袋。汚れた皿やフォーク。ポルノ雑誌。あちこちに服が脱ぎ捨てられている——靴。ワークブーツ。靴下。染みのついたTシャツ。着古したブルージーンズ。修理工用のオーバーオール。リビングルームの窓の下にモーターオイルの容器がいくつか置いてあった。その隙間に道ができていて、ほかの部屋につながっている——大学のキャンパスの芝生に踏みならされてできた道のようだ。においもひどい。ごみ埋立地にいるみたいだ。ネイサンは首を横に振った。

「バスルームも最悪だぞ」ハーヴィーが言う。「ここで暮らせる人間がいるなんて信じられない」

「だから、こいつらは暮らしているんじゃなくて、生きながらえているだけなんだ」

「こんな胸くそ悪いものを見たのは初めてだ」

「『全米警察二四時』を見たことがないのか？　さてと、床を少し空けて、ここでやろう」

ネイサンが銃を構え、ハーヴィーが作業を開始した。がらくたを蹴飛ばして空いた場所に、二脚の椅子を約九〇センチメートル離して置くと、ふたりの男をそれぞれ座らせ、ダクトテープで胸と椅子の背をぐるぐる巻きにして転げ落ちないようにした。ネイサンの左側の男は背が高く痩せていて、服を着たままはかってもせいぜい六八キログラムというところだろう。上腕三頭筋の部分にガーゼの包帯がテープで留めてあり、血が染みていた。清潔な包帯で、この環境にそぐわない、とネイサンは思った。もうひとりの男は小柄だが筋肉質だ。顔は四角く、頬骨が出ていて、薄茶色の短い髪はベーコンの脂(あぶら)で立たせたようにぎとぎとしている。九〇キロはあるだろう。侮ってはいけない相手に見えた。

「ナイフとフォークだな」ネイサンはふたりを顎で示しながら言った。

ハーヴィーがうしろにさがり、しばらく眺めてからにやりとした。

ふたりとも汚れたブルージーンズと白いタンクトップ、傷だらけのワークブーツを身につけている。手も腕も顔も、モーターオイルやグリースにまみれていた。体格のいい男のほう――フォークは、銅線とブローランプを使って彫ったようなタトゥーを腕に入れている。どちらが兄かわからない――ふたりとも実年齢より二〇歳老けて見えた。

「起こしてやろう」ネイサンはビールの空き缶を拾いあげて握りつぶすと、バスケットボールでフリースローをするように、フォークめがけて放った。

　缶はカチンという音をたてて額に命中した。気の抜けたビールのしずくが鼻や頰に飛び散る。まばたきしながら開いた目が、恐怖に見開かれた。

「ナイスショット」ハーヴィーはそう言ったあと、ナイフを揺さぶった。ナイフの目に恐怖が表れたかと思うと、怒りに変化した。ナイフは頭を振って、口をふさいでいるテープをはがそうとした。

　ネイサンは椅子を引きずってきて腰かけた。ナイフを見据えたまま、ポケットから薄い黒の手袋を取りだしてゆっくりとつけた。

「いいか、よく聞け」ネイサンは言った。「おれたちはいい警官と悪い警官を演じるつもりはない。ひとつは、警官じゃないからで、もうひとつは、ふたりとも悪だからだ。おれたちはＦＢＩでも、ＣＩＡでも、全米ライフル協会(NRA)でも、ＰＴＡでも、動物虐待防止協会(ASPCA)でもない。おれたちは……」ハーヴィーを見上げる。「なんだ？」

「独立請負人だ」

「独立請負人だ。だから、ミランダ警告もしない。それどころか、反ミランダで行く。おまえたちに黙秘権はない。そうだ、修正八条もここでは適用されない。ちなみに、残酷で異常な刑罰を禁止した条項のことだ。さて、始める前に、何か言いたいことはあるか？」

ナイフはぶんぶんとうなずいたが、フォークはじっと前を向いたままで、目を合わせようとしなかった。ネイサンはかがみこんで、ナイフの口をふさいでいるテープをはぎ取った。びりっという音がして、口髭の二割が一緒にはがれた。ネイサンは嫌悪の表情を浮かべながら、親指と人差し指でテープをつまんで投げ捨てた。

「くそったれ」ナイフが言う。「電話をかけさせろ」

ネイサンはハーヴィーを見た。「電話をかけたいんだと。悪いが持ってきてくれるか？」

ハーヴィーがキッチンへ行き、壁から電話を受け台ごともぎ取った。そして、コードがぶらさがった電話をネイサンに渡した。

ネイサンはそれを受け取るなり、ナイフの顔に叩きつけた。

「おいおい」ハーヴィーが言う。「跡が残るぞ」

ナイフの鼻から血が流れでた。

監視バンの中で、ホリー・シンプソンとふたりの技術者たちは顔を見あわせた。ものすごい音が聞こえた。約束どおり、記録はしていない。

「もう一本電話をかけたいか？」ネイサンはきいた。

「この野郎、鼻が折れたぞ！」

「一分半もしたら、おまえのわし鼻の粘膜はいまの二倍に腫れあがるだろう。息をするのもひと苦労だ。ふたたび口をふさげば、血を喉に詰まらせるはめになる」

「くそったれ」

ネイサンはため息をついた。「残念だ」テープを一五センチの長さに切り取った。

ナイフが猛然と頭を振りはじめた。

ハーヴィーがナイフの背後にまわり、ネイサンはキッチンのカウンターから汚れた布巾を取ってきた。ハーヴィーがナイフの耳をつかんで頭を固定し、ネイサンはナイフの口についた血を拭き取ってからテープを貼った。そして、わざとらしく腕時計を見た。

ナイフの顔が真っ赤になり、大きく息を吸って胸をふくらませた。ネイサンは眉をつりあげ、だから言っただろう、というような顔をした。ナイフが咳きこみ、血を吸いこんで、身をよじりはじめた。

「これからもっとひどくなるぞ。吸いこんだ血や嘔吐物が肺に入る。まずい状況だ。肺炎になるかもしれない。肋骨を全部折ってやったら、咳をするのも苦痛だろう」

フォークが失禁した。尿が椅子の脚を伝って絨毯を濡らし、刺激臭が漂った。

ナイフがいっそう激しく身をよじった。気絶する寸前のところで、ネイサンはテープをはがした。口髭がもとの六割くらいまで減り、嘔吐物が噴きでた。

「汚ねえな」ネイサンはハーヴィーに言った。「庭のホースを持ってきてくれ」

ハーヴィーが玄関から出ていき、ホースを引きずりながら戻ってきた。それをネイサンに渡すと、ふたたび外に出た。「合図してくれ」

ネイサンは右手の手袋を外してから言った。「いいぞ」

キュッという小さな音が聞こえてきた。

ナイフが叫んだ。「何する気だ?」

ネイサンは親指でホースの口をせばめ、水をナイフとフォークに吹きかけた。私道を洗い流すように、ナイフの嘔吐物を吹き飛ばし、フォークが失禁した絨毯をずぶ濡れにした。ナイフがぶるぶる頭を振った。

「止めてくれ」ネイサンが声をかけると、ふたたびキュッという音がした。

ハーヴィーが戻ってきた。

「いいか」ネイサンは落ち着いた口調で言った。「時間はひと晩たっぷりあるし、家庭には人に痛みを与えられるありとあらゆる道具が揃っている。ほとんどなんでも役に立つんだ。はさみでも、ドライバーでも、ペンチでも、電気コードでも、好きなのを選べ。三〇センチのサラミでぼこぼこにしてやったあと、それでサンドイッチを作って食ったこともある。トースターに指を入れたことはあるか? フライパンも結構使えるぞ。どうやって使うかわかるか？　よく熱してから、膝の上に置くんだ。ええと、ほかに何があったっけ？」

「研磨機」ハーヴィーが答えた。

「そうだ、ガレージを見てきてくれ。絶対持ってるはずだ」

ハーヴィーがドアに向かって歩きだそうとした。

「いったいどうすりゃいいんだよ？　おれは何も知らない。おれのいとこたちは頭がおかしいんだ。なんの関係もない。本当だ」

ネイサンはナイフのほうを向いたまま、手を伸ばしてフォークの口からテープをはぎ取った。「おまえは何か言いたいことはあるか？」

「山小屋の話をしろよ！」

ネイサンはナイフをにらんだ。「山小屋？」

ナイフが身をよじってフォークを見た。「このばか」

ネイサンはゆっくりと繰り返した。「山小屋？」

「知らない」ナイフが答えた。

ネイサンは電話を持つと、フォークの鼻先に突きつけた。「電話をかけるか？」

「おれはどこにあるか知らないんだ。行ったことがないから」

ナイフが怒りのこもった声で言った。「黙ってろ、ビリー」

ネイサンは顎でナイフを示した。「こいつは行ったことがあるのか?」

「何度も。狩りをしに行くんだ。親父の姉貴のもので、秘密の場所なんだ」

ネイサンはふたたびテープを切り取ってフォークの口をふさいだあと、床に散らばったスープの空き缶や牛乳の容器をよけながらキッチンへ向かった。戸棚の扉を開け、わざと大きな音をたてながら鍋や瓶を放りだし、探していたものを見つけると、それをガスコンロに置いてスイッチを入れた。カチカチ、シューッという音がする。

ハーヴィーが言った。「あれまあ」

ネイサンはリビングルームに戻ると、ナイフにウインクをした。

「いとこたちに殺される」

「その前にこいつに殺されるぞ」ハーヴィーが言う。「前にも見たことがある。最悪だぞ。ジーンズが皮膚にくっつくからな」

「あいつらに殺される!」

「いまはこっちの心配をしたほうがいいんじゃないか」

一分くらい経つと、焦げた食用油のにおいが漂いはじめた。

ナイフが身をよじった。「ちくしょう、くそったれ!」

「いいあんばいだ」ネイサンは言った。

「ちくしょう、ちくしょう!」

「また口をふさいでやるぞ。大の男の悲鳴なんて聞いてられない」ハーヴィーはナイフの口にテープを貼ったあと、足首のシースからプレデターナイフを抜いた。

ナイフが目を見開いた。

「じっとしてろ」ハーヴィーはそう言うと、口に貼ったテープに切れ目を入れた。

ナイフが呼吸するたびにテープが小さく音をたてた。

ネイサンはふたたびキッチンへ行った。フライパンの取っ手を布巾でくるみ、もう一方の手で水を入れた小さなカップを持つと、縛られた男たちに近づいていった。フライパンの表面から青灰色の煙が立ちのぼっている。

椅子ごと倒れそうになるくらい、ナイフが激しく体を動かした。

ネイサンはナイフの前で立ちどまると、膝の上一五センチでフライパンを持ち、水を注いだ。水は痛めつけられたヘビのごとく、シューッと音をたてながら死のダンスを踊った。

バンの中で、ホリー・シンプソンは固唾（かたず）をのんでいた。

7

「これが最後のチャンスだ」ネイサンは言った。「おまえのいとこたちにそこまで義理立てする価値は本当にあるのか？　あいつらがおまえのために、こんな痛みに耐えてくれると思うか？」

ナイフがかぶりを振った。

「山小屋のことを話す気になったか？」

ナイフは目を閉じてうなずいた。

ネイサンはフライパンを投げ捨てた。フライパンが濡れた絨毯の上でジューッと湯気をたてる。テープをナイフの口から引きはがした。「それで？」

「ここから三時間かかる。七〇号線を北へ行った、クインシーの近くだ」

「住所は？」

「わからない」

「おまえが案内しろ。ほかに話すべきことはないのか？」

「それだけだ。本当だ。ほかには何も知らない」

ネイサンは嘘を見抜くことができる。うまく説明できないが、目の表情や、身振りの微妙な変化でわかるのだ。この男は何かを隠している。ものすごい苦痛を我慢するだけの価値がある何かを。

「別に個人的におまえに恨みがあるわけじゃない」ネイサンは言った。「わかるだろ？　おれはただ仕事でやっているだけだ」ナイフの背後にまわり、ダクトテープを切りはじめた。ナイフが少し緊張を解いたのがわかった。それでいい。ここからが本番だ。テープを切る手を止めて、うなり声をあげる。「金はどうした？」耳元でささやいた。

ナイフがふたたび体をこわばらせた。

「金だよ」ネイサンはナイフの反応をうかがいながら続けた。大当たり。命中だ。おもらしした子どもが下を向くように、ナイフは秘密を暴露した。金がある。非常用の金。おそらく大金で、こいつらは手を出せない。これでつじつまが合う。ブリッジストーン兄弟はあらゆる場所に金を隠しているだろう。あいつらはばかではない。ここに来なかったのは、襲撃される前からＦＢＩが張りこんでいたからだ。

「金なんかない」ナイフの声は弱々しくて自信なげだった。

首を横に振って、ネイサンがフォークを見ると、激しくうなずいていた。「何か言いたいことがあるみたいだな」

ネイサンはフォークの口からテープをはぎ取った。

「ガレージの近くに埋めてある。手を出したら殺すと、レナードに言われてるんだ」

ナイフが憎しみのこもった目でフォークをにらんだ。

「おまえの兄貴は怒っているみたいだ」ネイサンは言った。「もっと早く話してくれればよかったのに。がっかりだな、ビリー」

「なあ、悪かった、話したかったんだ。本当に。だけど、あいつらが話したら殺すって。いかれたやつらなんだよ」

ネイサンはナイフのほうを向いた。

「単純な話だよ。おまえらの最愛のいとこたちの身に何かあったら――刑務所に入れられたり、死んだりしたら、金はおまえたちのものになる。あいつらは手を出せなくなるから、ぼろ儲けだ。いとこたちの居場所を知っていれば、おまえらは進んで言うだろう。そうすれば金が手に入るんだから。そうだろ？」

ナイフは返事をしなかった。

ネイサンはフォークを見た。「そうだろ？」

「そうだな」

「これまで考えてみたことはなかったのか？　おまえの兄貴はあるはずだ」

「おまえは救いようのないばかだよ、ビリー」

「落ち着け」ネイサンは言った。「ビリーのおかげで痛い目に遭わずにすんだんだ。

黙っていたら、じわじわと痛めつけるつもりだった。一生車椅子と人工肛門で生活するはめになったかもしれない。弟に感謝の言葉を言わなきゃならないとこだぞ」

ナイフは弟を見ずに言った。「ありがとよ」

「たいしたことじゃないだろ？　気分がよくなったんじゃないか？」

「くだらねえ」

「ビリーが金の埋めてある場所に案内してくれる。おまえはここでじっとしていろ」

ナイフは無言でネイサンをにらんだ。その目には憎しみ以外の感情が入りまじっていた。恐怖？　不安か？

ネイサンはハーヴィーにウインクした。「少しでもおかしなまねをしたら、また電話をかけてやってくれ」

ハーヴィーがギャング口調で言った。「へい、ボス」

「援護を頼む」

ハーヴィーはシグ・ザウエルを抜いてレーザーサイトを作動させると、ビリーの胸に当てた。

ビリーが小さな赤い点を見おろした。「おいおい、やめてくれよ」

ネイサンはビリーの胴体に巻きつけていたテープを切った。「両手をうしろにまわせ、ビリー。早くしろ」事務的な態度に戻って言った。ビリーがおびえているのが演技だとは思えないが、油断は禁物だ。テープでぐるぐる巻きにしてビリーの両手首を縛った。「外へ出るぞ」

ふたりが出ていくと、玄関のすぐ外にホリー・シンプソンが立っていた。右手にグロック22を、左手に懐中電灯を持っている。「山小屋に急行しないと」

「そこにはいない」ネイサンは言った。

「どうしてわかるの？　ここに本当にお金が埋められていると思う？」

「見たんだ」ビリーが言う。「そこで弾薬箱に入れていた。三つある」

「信じるの？」ホリーがネイサンにきいた。

ネイサンは肩をすくめた。

「嘘をついていたら後悔するわよ」ホリーが懐中電灯のスイッチを入れた。「案内しなさい」

ネイサンとホリーはビリーのあとについて、廃車や錆びた農機具や五〇ガロンのドラム缶の合間を通り抜けた。コオロギの大合唱があちこちから聞こえてくる。ホリーは銃を構えたまま、懐中電灯を左右に動かしてがらくたの山を照らしながら歩いていた。警戒しているのだと、ネイサンはわかっていた。ここは奇襲をかけるのにうってつけだ。隠れる場所がたくさんある。

ビリーがガレージの角で立ちどまった。屋根から垂れる雨水のせいで、漆喰の壁の下部が赤褐色の泥で汚れている。「ここだ。この下に埋められている」

「深さは？」ホリーがきいた。

「さあ。三〇センチくらいかな」

「シャベルはどこ？」

「この中だ」ビリーが顎をしゃくってガレージを示した。

ホリーは懐中電灯を小脇にはさむと、無線機を取りだしてボタンを押した。「聞こえる？」

〝はい〟ヘニングが答えた。

「至急来て。農場の北にあるガレージよ」

三〇秒後、ヘニングがやってきて、三〇メートルくらい離れたところで立ちどまると、懐中電灯を二回点滅させた。ホリーは懐中電灯をヘニングに向けて三回点滅させた。それを見て、ヘニングが駆けだした。

ネイサンは感心した。シンプソン主任捜査官が人質に取られて無線で連絡するよう強制されている場合に備えて、合図を決めてあるのだ。ホリーが懐中電灯を三回点滅させなかったら、危機的状況だとわかるようになっている。ヘニングが少し息を切らしながら近づいてきて、ビリーに注意を向けた。

ホリーはネイサンをちらりと見てから、ヘニングに視線を戻した。「ガレージの扉を開けるわよ。ふたりとも準備はいい？」

ネイサンとヘニングはうなずいた。

ヘニングがガレージの反対側の角でかがみこんだ。「そこに伏せなさい、ビリー」

ホリーは手前の角でしゃがんだ。

「土の上に？　濡れた体で？」

「早く」

「ただのガレージなのによ」ビリーはうしろ手に縛られたままひざまずくと、脚を滑らせてドサリとうつ伏せになった。

ホリーはネイサンに向かってうなずいた。「ゆっくり持ちあげて」

ネイサンは銃を抜いてから、ガレージの扉の中央に立った。そして、亜鉛めっきされた取っ手をつかんで持ちあげた。「仕掛け線に気をつけろ」

ヘニングがさらに身をかがめ、懐中電灯でガレージの床をぐるりと照らし、一緒に銃口を動かした。

「クリア」

「クリア」ホリーが続けて言う。

「梁(はり)を調べろ」ネイサンは言った。

ヘニングとホリーが天井を照らした。

ネイサンは扉を一番上まで開けた。がらんとしている。コンクリートにひびが入り、蜘蛛(くも)の巣みたいな割れ目ができていた。隅に置かれたスズキのエンデューロは、あまり乗っていないように見える。後輪の上部に小さなラックがついていた。反対の隅の壁に取りつけられた張り出し棚に、シャベルや鍬(くわ)やレーキが収納されている。左側に作業台があり、壁のフックにのこぎり、ハンマー、ペンチ、ドライバー、レンチといったさまざまな道具がかかっていて、種類や機能別に並んでいた。右側の壁はありとあらゆる電動工具が占めていて、新品か、よく手入れされているように見える——もちろん、研磨機もある。奥の壁際に電動工具の空き箱がきちんと積み重ねられていた。ネイサンは眉根を寄せた。どうもおかしい。

ヘニングがガレージの中に入り、明かりをつけようとした。

「待て！」ネイサンはそう叫んだあと、ホリーを見た。

ホリーがうなずいた。「何か仕掛けがあるかもしれない」

ヘニングはスイッチをじっと見つめたあと、あとずさりした。

ホリーがビリーに注意を戻した。「じっとしていなさい」

「弾薬箱はビリーに掘らせよう」ネイサンは言った。「罠(わな)かもしれない」

「そうね」

「違う」ビリーが言う。

「昨日、あなたのいとこたちはＦＢＩ捜査官一〇数名を殺傷しようとしたの」ホリーが言った。「信用できないわ」

ヘニングがビリーのそばへ行き、手首を縛っているテープを切った。「立て。逃げたら背中を撃つ。わかったか？」

「逃げねえよ」ビリーは手首からテープを引きはがした。

ホリーとヘニングは、ずっとビリーに銃を向けていた。

「周囲を調べてきます」ヘニングが言った。「二分で」

「二分ね」ホリーが確認した。

ヘニングが暗闇の中に姿を消した。

プロのやり方だ、とネイサンは思った。

ホリーがふたたびビリーに注意を向けた。「始めなさい」

ネイサンとホリーはうしろにさがり、安全な距離を保った。ビリーが逃げようとしたとしても射撃できるくらい近く、ＩＥＤか何かが仕かけられていたとしても被害を免れるくらい遠い。ネイサンはホリーに視線を向けた。懐中電灯の反射光の中でも魅力的だ。スラヴ系の顔立ちで頰骨が高く、小柄で引きしまった体つきをしている。身長は一六〇センチメートル台前半で、ふるまいは自信に満ちあふれていた。

ホリーが小声で言った。「ヘニングの態度を許してね」

「気にしていない」ネイサンは言った。

「あなたの機密ファイルを見たの」

ネイサンは何も言わなかった。

「あなたたちの正体を知らなければ、捜査に加わることに同意しなかった」

「当然だ」ネイサンは言った。「おれがきみの立場でも、同じようにしただろう」

「あんな状況をよく切り抜けられたわね」

「あの状況でできる限りのことをしたまでだ」

沈黙が流れ、シャベルの音が鳴り響いた。

「友達が少ないでしょう」ホリーが言った。

ネイサンはビリーに聞かれないよう、小声で話した。「ハーヴィーだけだ」

「わたしも少ないの。今日は手加減したのね」

「ああ」

「もっと痛めつけたかった？」

「いや」

「早く山小屋へ行かないと」

「まずこれを見届けよう。何分か遅れたくらいでたいして変わりはない。ジェームズ・オルテガが行方不明になってから一週間以上経っているんだ」

ヘニングが戻ってきた。「どうなった？」

「もうすぐわかるわ」ホリーが答えた。

ビリーが掘るのをやめ、片膝をついて両手で土を払いのけると、顔を上げた。

ホリーはまずひと箱ゆっくりと取りだすよう命じた。

「銃が入っているかもしれない」ネイサンは言った。

「そうね」

ビリーは言われたとおりにした。穴の中に手を入れ、ごみ袋を引きはがして片方の取っ手をつかむと、弾薬箱を引きあげて地面に置いた。色はマットグリーンで、靴箱くらいの大きさだ。黄色のステンシルの文字から、五発ごとに曳光弾がまじっている五〇口径徹甲焼夷弾一〇〇発の弾帯を保管するために使われていた箱だとわかった。

ビリーが顔を上げ、懐中電灯の光に目を細めた。

「ほかの箱も出して」ホリーが言う。「留め金をわたしたちのほうに向けて、一・五メートルの間隔を空けて置きなさい。そっちから見て一番左の箱のうしろに立って、片手を伸ばして蓋を開けて。ゆっくりとよ」

それでは無理だとわかっていたが、ネイサンは口を出さなかった。弾薬箱――特に埋められていたのを開けるには、片手で取っ手をつかんで、もう一方の手で留め金を引っ張らなければならない。弾薬が入っていなくて重みがないと、両手を使わなければ開かないのだ。それに、蓋の縁の下にシーリング材——おそらくシリコンが塗られているのが見える。案の定、ビリーはてこずった。蓋を開けようといろいろやってみてもうまくいかず、箱が持ちあがるばかりだった。

「ちょっといいか？」ネイサンはきいた。

ホリーがうなずいた。

「箱から離れろ、ビリー」ネイサンは銃をホルスターにおさめると、箱を開けるコツを教えに行った。「こんなふうに両手を使って」左手で取っ手を持ち、もう一方の手で留め金をつかむ。「反対方向にすばやく引っ張るんだ」そして、うしろにさがってしゃがんだ。

ホリーとヘニングもかがみこんだ。ビリーは教えられたとおりに箱をつかみ、留め金を引っ張った。蓋がぱっと開くと、中身を見おろして言った。「すげえ」

「ほかの箱も開けなさい」ホリーが言った。

五秒後、三つの箱が開けられた。ビリーはその中身に目を釘付けにしていた。

「そこをどいて、もう一度地面に伏せなさい」

ビリーは命令に従わず、唇をなめながらその場に立ちつくした。

「うしろにさがって、うつ伏せになりなさい。早く」ホリーが強い口調で繰り返した。

三人は前へ歩いていき、箱の中身を見おろした。旧札の束が大量に入っている。縦にしてぎっしりと二列に並べられていた。紙幣の独特のにおいが漂ってくる。

　ヘニングが小さく口笛を吹いた。

　ネイサンはかがみこみ、それぞれの箱から札束を抜きだした。中央の箱に一〇〇ドル紙幣が、ほかのふたつの箱には二〇ドル紙幣がおさめられていた。どの束も一センチくらいの厚みがあり、輪ゴムで留めてある。たぶん一〇〇枚ずつくくっているのだろう。ネイサンは束の数を数えた。一〇〇ドル札が二二束、二〇ドル札が四四束。頭の中で計算した。「それぞれの束に同じ紙幣が一〇〇枚ずつ入っているとしたら、えと……三〇万八〇〇〇ドルか」

「信じられない」ホリーがささやくように言った。「こんなふうにほかの場所にもお金が隠してあると思う？」

「ああ、きっと。ちょっと相棒の様子を見てくる」ネイサンは母屋に戻り、玄関の三メートル手前で立ちどまって口笛を吹いた。口笛が返ってきたので中に入ると、ハーヴィーはナイフと向かいあって椅子に座っていた。「金は本当にあった」

「いくらだ？」

「三〇万ドルちょっと」

「結構な額だな」

「ああ」

「次はどうする？」

ネイサンはナイフを見た。「服を着替えたら、おれたちを山小屋まで案内しろ」

埋められていた金を発見してから一五分後、FBIのセダン三台がシエラネヴァダ山脈へ向かう準備が整った。弾薬箱はホリーの車のトランクに入っている。ラリー・ギフォードとSWATの隊員二名が捜査に加わった。彼らが乗ってきた二台の車のうち一台は、拘留中の犯罪者を輸送するための車だ。向こうで何が待っているかわからないため、応援を頼んだのだ。SWATの隊員たちは黒のつなぎを着ているが、まだ武装はしていない——山小屋に到着するまでその必要はない。ラリー・ギフォードはブルージーンズと紺のポロシャツを着ていた。ホリーやヘニングと同様に、ガンベルトに標準仕様のグロック22と予備弾倉二個、手錠をおさめている。SWATの装備を身につけていないとずいぶん違って見えたが、最初に会ったときと同じ真剣な表情をしていた。

ネイサンとハーヴィーは、ギフォードとSWATの隊員たちと握手を交わした。昨日、ネイサンに接近してきた三名だ。ネイサンたちが捜査に加わっていることをすでに承知している。

「コリンズ特別捜査官とダウディー特別捜査官だったな」ネイサンはふたりと握手を

しながら言った。「どっちがどっちかはわからないが」

ホリーが微笑んだ。

ヘニングはネイサンをにらんだ。

「長いドライブになるわ。出発しましょう」ホリーが言った。

そこで、気詰まりな空気が流れた。

ネイサンは無言でハーヴィーを見つめた。

「おれは……ギフォードの車に乗せてもらうよ」ハーヴィーが言った。「それでいいかな？」

「行こう」ギフォードがハーヴィーに言った。ＳＷＡＴの隊員たちは視線を交わしてから、ギフォードの車の後部座席に乗りこんだ。ハーヴィーは助手席に座った。

ヘニングが輸送用のセダンの後部座席にブリッジストーンのいとこたちを閉じこめてから、運転席に乗りこんだ。ネイサンはホリーのセダンの助手席に座った。一〇秒後、ヘニングのセダンを先頭に、三台の車が出発した。

ネイサンは長時間のドライブに備え、シートを最後部までさげて、背もたれをわずかに倒した。どんな会話をすればいいのかわからない。ホリー・シンプソンは結局、赤の他人なのだから。様子をうかがいながら話したほうがよさそうだ。

「ヘニングはきみに気があるみたいだな」

「どうして？」

「きみを見る目つきでわかる」

「その気にさせないように努力したのよ。彼を異動させたくないけど、そうなるかも。彼の奥さんもわたしの下で働いているの。襲撃のとき、あなたが命を救った相手よ。SWATの隊員で、あなたを撃とうとした女性」

「彼女がヘニングの奥さんなのか？」

「ええ。あまりうまくいっていないんだけど」

「あれが感謝している態度か」

「あなたとハーヴィーがいると、やりづらいのよ。正直に言うと、わたしもよ」

「きみとヘニングは……」

「何もないわ。彼は既婚者だし、わたしのほうはそういう感情を抱いていないの。ブルース・ヘニングは優秀な捜査官よ。真面目だし、勤勉だし、忠実だし。でもボーイスカウトタイプなのよね」

「きみはボーイスカウトタイプとはつきあわないのか」

ホリーがネイサンを見た。「既婚者とはつきあわないの」その後数分間、沈黙が続いた。

「車に乗りこむ前、ハーヴィーに意味ありげな視線を送っていたわね」

ネイサンは返事をしなかった。

ホリーが微笑んだ。「あなたほど深い青の目をした人を見たのは初めてよ」

「褒められているのかな」

二台のセダンのあとについて、ホリーは五〇号線に入り、西へ向かった。「最初空港で、あなたはヘニングをうまくあしらったわ」ホリーが口を開いた。「譲歩も、弁解もしなかった。穏やかだけど、毅然(きぜん)としていた」

「『ザ・カリスマ　ドッグトレーナー』を見たことはあるかい？」

「ええと」ホリーが少し考えてから答えた。「番組名は聞いたことあるけど、見たことはないわ」

「シーザー・ミランっていう犬の扱いにものすごく長けている男の番組だ。犬の心理学者のようなもので、問題のある犬の飼い主に助言するんだ。シーザーは犬のリハビリテーションって呼んでる」

「そう……」

話が見えなくて、ホリーが戸惑っているのがわかった。「穏やかだけど毅然としていたときみが言ったからさ。それがシーザーの哲学なんだ。穏やかかつ毅然とあれ」

「それで、そのやり方が人間にも通用すると思ってるわけ？」

「ある程度は。根本的な違いは、犬は現在に生きるが、人間はそうじゃないってとこかな。犬は恨みを抱かないが、人間は根に持つ。犬にとってはいまこの瞬間がすべてだ。おれは犬が本当に好きなんだ。ジャイアントシュナウザーを二匹飼ってる」

「名前だけ知ってるわ」

「体重は四五キロぐらいで、すごく賢いんだ。頑固だけど」

「ありがちね」

ネイサンは窓の外に目をやり、微笑んだ。「言えてる」

「あまりいないわよね。ジャイアントシュナウザーを飼っている人も、ヘリコプターを持っている人も」

「ヘリコプターを持っているのは、別に金持ちの象徴だとかエゴだとかそういうんじゃない。自由の問題なんだ。みんなあまり重視していないが」

ホリーが少しためらってからきいた。「個人的な質問をしてもいい？」

「どうぞ」

「どういう感じなのかしら？　その、スカウト・スナイパーをやるっていうのは」

「ずいぶん立ち入った質問だな、ホリー。ほとんど知らない者同士だっていうのに」

ネイサンは黙りこんだ。延々と続く道路の黄色線を見ていると、眠くなってくる。ホリーは無理に会話を続けようとしなかったので、ネイサンは沈黙の中で考えをまとめた。あまり深く考えすぎると、心の奥底に潜む悪魔を呼び覚ましてしまう。「ほかの人がどうかはわからないが、おれはその瞬間、陶酔するような力を感じる」

ホリーは何も言わなかった。

「危険なんだ、ホリー、本当に危険だ。ドラッグみたいなものだ。もっと悪い」

「そんなふうだとは思いもしなかったわ。わたしの部下にもスナイパーがいる。前のセダンに乗っているふたりもそうよ。ＳＷＡＴの隊員たちは全員訓練を受けているの」

「いまの質問は絶対にしないほうがいい」

ホリーはネイサンが話を続けるのを待った。

「頭に来るだろうから」

「頭に来た？」

「おれはきみの下で働いていないから」

ホリーはふたたび口をつぐんだ。

「きみの部下たちは、まったく違う見方をしているかもしれない。秘密作戦に従事していないから。秘密作戦では、相手を撃ったあと逃げおおせることが重要になる」

「またいやな質問をしていい？」

ネイサンは待った。

ホリーがネイサンを見てきいた。「その仕事が好きだった?」

「最初の質問よりひどいな。ただの物好きじゃないよな。答えはイエスでもあり、ノーでもある。だがたぶん、きみが思っているような意味じゃない」

「どういうこと?」

「実際に人を殺すのは別として、引き金を引くことが好きだと思っているんだろう?」

「違うの?」

「違う。おれは撃ったあとに逃げるのが好きなんだ。追われることが。みんながおれを捕まえようとしていると思うと興奮する」

「それが好きだというの? 考えるだけで怖くなるけど」

「あいにくそうなんだ。あれほど生きてるって感じる瞬間はない。なんていうのかな……心が浮きたつんだ」

「ハーヴィーもそうなの?」

「いや、その反対だ。あいつは撤退を嫌っている。追跡が好きなんだ。だが殺しは好きじゃない。ふたりともそれは同じだ」

「あなたたちはかたい絆で結ばれているのね」

「意識を共有しているんじゃないかって思うときがある。お互いの心が読めるんだ。

車に乗る前に視線を送ったときみたいに。言葉で言わなくても、おれがきみとふたりきりで乗りたがっていることに気づいてくれた」

「そこまで誰かと親しくなれるなんて羨ましいわ」

しばらく沈黙が流れた。サクラメントの街に近づくにつれて、明かりが増えていく。ぼんやりとした月光の下、オークの木が巨大なキノコみたいにそびえたっていた。

ホリーが沈黙を破った。「山小屋でジェームズ・オルテガが見つかると思う？」

「その可能性はある。少なくとも、そこで尋問を受けた証拠くらいは見つかるだろう。人里離れた場所を使ったはずだ。本拠地ではできなかった。監視されていることを予想していたから」

「もしそこにいたら、家族は一応区切りをつけられるわね。はっきりしないのが一番つらいもの」

「フランク・オルテガに会ったけど、孫息子が死亡しているのを覚悟しているよ。目を見ればわかった」

「潜入捜査って、普通の神経ではやれないわよね。みんなすごいと思う。正体がばれるんじゃないかって常に緊張しながら、仲間のひとりのようにふるまわなければならないなんて。毎朝、目覚めたら鼻先に銃を突きつけられている感じ。わたしなら耐えられないわ」

「おれもだ」

「どうして見破られたんだと思う？」

「たぶん、外の世界にいるブリッジストーンの手下に見られたんだ。食料品店の店員とか、ガソリンスタンドの従業員とか。そいつが、ジェームズ・オルテガが公衆電話を使っているか、見知らぬ人物と会っているのを見たんだろう。いまどき公衆電話なんて使わないだろう？　それで、ジェームズは本拠地に戻ったところで捕まった」

「きっとそうね。ジェームズに気づかれずに尾行できたとは思えないもの」

「ジェームズは危機的状況だと知って報告した際に、うっかり正体をばらしてしまった。彼は正真正銘の英雄だよ、ホリー。あのうじ虫たちの意のままにされたと思うといやでたまらない。だから、オルテガに協力することにしたんだ。考えただけで本当に頭に来る。彼はできる限り長く耐えたはずだ。痛みに耐えて、時間を稼いだ」

「ぞっとするわね」

「まったくだ」

「あなたとハーヴィーの尋問は見事だったわ。全部聞いていたのよ。約束どおり、記録には残していないわ」

「どうも」

「どんなことをするんだろうって、いろいろ想像していたんだけど」

「そこまでしなければならないときはめったにない」

「じゃあ、これまで……」

「手荒なまねをしたことはあるかって？　あるよ。そのときは私情を捨てなければならない」ネイサンはきかれる前に答えた。「演劇やミュージカルの舞台に立っていると想像するんだ」

「ミュージカルは好き？」

「大好きだ。話題を変えてくれてありがとう」ダッシュボードの琥珀色の光の中で、ホリーの笑顔が見えた。作り笑いでも愛想笑いでもない、本物の笑顔だ。ネイサンは窓の外に目をやり、このまま進むべきかどうか考えた。その先に何があるのかはわからない。だが心の奥底――真実だけが存在する場所で、何かを感じていた。わくわくするような新しいものを。とにかく、ホリーはしっくりくる。

「意外だわ。お気に入りの演目は？」

「『ザ・ミュージック・マン』。バルボア・パークのスターライト・シアターで五、六回見た。屋外の円形劇場で、リンドバーグ飛行場の航路の真下にあるんだ。ジェット機が近づいてくる音がすると、演者たちは動きを止める。轟音の中、全員、オーケストラまでぴたりと動かなくなるんだ。ジェット機が通り過ぎると、何事もなかったかのようにまた動きだす。あんなすごいものはめったに見られない」

「実は、一度もミュージカルを見たことがないの」

「それは損してるな。ミュージカルは古きよき娯楽だ。舞台の上で人が踊ったり歌ったりするだけの、特殊効果を使わない生の演技だ。海兵隊に入らなかったら、おれもそっちの世界へ行ったかもしれない」

「あなたがブロードウェイの世界に？　全然想像つかないわ」

「どっちも訓練が必要だ。よく考えてみれば、秘密作戦の担当官は演技ができないといけない」

「そうね。そんなふうに考えたことはなかったけど」

「バレエと交響曲も好きなんだ。オペラは退屈なのも多いが」

「文化的なのね。スポーツは？」

「アイスホッケー」

「わたしも。シャークスの試合を何度か見に行ったことがあるわ。荒っぽいスポーツよね。たしか、喧嘩が許されている唯一のスポーツでしょう。もちろん、ペナルティーはつくけど」

「ああ、五分間の退場だ」

「そういったことに使える時間がもっとあればいいんだけど」

「喧嘩にか？　喧嘩なんてするもんじゃないぞ」

ホリーが微笑んだ。

「時間は作るものだよ、ホリー。働きすぎはよくない」

「退屈な人間だと思う？」

「全然。聞き飽きた言葉だろうけど、休暇は必要だ。きみみたいにストレスの大きい仕事をしているならなおさら。支局と出張所を率いるのは大変だろう。部下が何人いるんだ……五〇〇人くらいか？」

「なんとかやってるわ」

「だけど、どんな犠牲を払っている？　そのうち燃えつきるぞ」

「まだ大丈夫よ」

「じわじわ消耗していくんだ。そしてある日、ささいなことで泣きだしてしまう。これ以上は無理だと脳が教えてくれるんだよ」

「個人的な経験から言っているの？」

「ああ。だから、おれのアドバイスを聞き入れて、何か自分のためになることをしてみろよ。カンクンとか、バミューダ諸島とか、バハマに行ったらどうだ。プールサイドに寝そべって、そのユリのように白い肌を焼いてこいよ。少しのあいだきみがいなくたって、ＦＢＩはやっていける」

「ヘニングにも同じことを言われたわ。〝ユリのように白い〟の部分を別にすれば」

「癪(しゃく)に障るが、あいつと同意見だ」

「わたしは相当色白だってことね」

ネイサンはかすかに笑った。「ストレスの問題だよ。この件が片づいたら、ディナーに行かないか？」

「いいわね」

ホリーは五号線を数キロメートル北へ走ったあと、七〇号線に入った。そのあとは四八キロにわたって、平坦な地形が続いた。道路の両側の農地が暗闇の中に消えていく。メアリーズヴィルは閑散としていて、ガソリンスタンドが何軒かあるくらいだった。曲がりくねった道を走り、オーロヴィルへ向かう。西方のビュートの黒い輪郭が、遠くのサンフランシスコ・ベイエリアの明かりと好対照をなしていた。

そのあいだずっと、ホリーは陽気におしゃべりしていた。彼女の家族は代々警察関係の仕事をしていて、父親は退職したサクラメント市警の刑事で、ふたりの兄弟はそれぞれダラスとモデストで警官をしているそうだ。それから、ボストン大学で過ごした日々や、子どものときのこと、当時一緒のベッドで眠っていたペットのトイプードル、ピエールについて語った。

名字から思い当たっていないのか、プライバシーを尊重してくれているのか、ネイサンの父親についてはきいてこなかった。彼女の積極的で率直な性格からすると、気づいていたら話題に出しているはずだ。だがFBIの人間で、しかも主任捜査官なら、CDTのことは知っている。FBIは国家の安全に直接関与しているし、国内テロ対策は重要度が高い。いずれその話題になるのなら、自ら打ち明けてしまおう。それに、彼女が自分の家族の話をしてくれたのに、黙っているのは失礼な気がした。

「おれの父親はマシュー・マクブライド上院議員だ」

ホリーがネイサンをちらりと見た。「冗談でしょう?」

ネイサンは何も言わなかった。

「CDT委員長のストーン・マクブライドのこと?」

「きみは気づいているのに黙っているだけかもしれないと思っていた」

「知らなかったわ。ファイルにも載っていなかったし。だから今回、捜査に加わることになったの?」

「実は、おれもわからないんだ。そうなのかもしれない。親父とオルテガは昔からの友人なんだ。朝鮮で同じ部隊にいた。フランク・オルテガの息子のグレッグはハーヴィーの親友だ。空港で、親しい友人に個人的に頼まれたと言っていただろう」

「だからといって、わたしにとっては何も変わらないわ。あなたが参加してくれてうれしい。でもちょっと気を遣うわね」

「親父とあまり仲がよくないんだ」

「それは残念ね」

「おれの職業を認めていなかった。親父の部隊長がスナイパーに殺されたんだ。おれがほかの兵士たちとなんら違いはないと、心の底ではわかっているだろうが。その隊長は戦車砲に支援を要請したんだ。両軍に犠牲が出る命令を下した。それに、自分の部隊にもスナイパーはいたんだ」

「じゃあ、うまくいっていない本当の原因はなんなの？　ひと言で言って」

「ひと言で？」

「前置きはいらないから、ずばりと言ってちょうだい」

ネイサンは少し考えて、ぴったりの言葉を思いついた。「ひと言で言うなら、〝不在〟だ」

「どういうことかしら……」

「きみの番だ。どうして誰とも深く関わろうとしないんだ？　ひと言で答えて」

「ぶしつけな質問ね」

「きみが始めたゲームだ」

ホリーはその後しばらく、無言で運転した。答える気はないのだろうと、ネイサンは思った。彼女の場合、〝責務〟とか〝献身〟とか、そんなところか。ＦＢＩと結婚しているから、有意義な関係を築く時間が作れない――というより、作ろうとしないのだ。ところがそのあと、彼女は意外な答えを返した。

「恐怖」ホリーはまっすぐ前を向いたまま言った。「ディナーに行きたくなくなったでしょう」

「まあ、こういう話をするのも悪いことばかりじゃないよ。金が節約できた」

「精神科医に高いお金を払わずにすんだってこと？」

ネイサンはうなずいた。

「あなたの言葉はわかりにくいわ。考え直す？」

「いや、おれだって正直に言ったよ」ホリーが口をつぐんだので、ネイサンは深呼吸をしてから思いきって言った。「〝恨み〟かな」

「そっちのほうがわかりやすいわ。子どもの頃のお父さんとの一番いい思い出を教えて」

ネイサンはすぐに思いだした。いい思い出など、片手で数えられるくらいしかないからだ。「釣りに行ったときのことだ。正確な場所は覚えていないが、ヨセミテの近くの湖だった。おれはでかいのを釣りあげた。子どもだから、でかく見えただけかもしれないけど。親父はすごく褒めてくれて、そのときの笑顔が印象に残っている」車内が薄暗いことをありがたく思いながら、窓の外を見た。「きみにはかなわないな。一〇分もしたら丸裸にされそうだ。おれはそんなにわかりやすいか？」

「全然。ただ正直なだけでしょう」

「あまり得意な話題じゃないんだ」

「打ち明けてくれてありがとう。正直に言うと、あなたはビジネスライクな態度を取るだろうと思っていたの」

「おれもきみはそういう人だと思っていた。ブリッジストーンの話しかしないだろうと」

「その話もしたいけど、山小屋まで三時間かかるのよ。それに、あなたのような人に出会ったのは初めてだし」

ネイサンは何も言わなかった。

「褒めてるのよ」

「そうかい」

「どうしてお金が埋められているとわかったの？」

「いや、わかっていたわけじゃない。ブリッジストーンはしばらくセムテックスで商売をしていたはずだ。小切手は受け取らないだろうから、大金を動かすには、金融機関の内部に共犯者がいないと難しい。スーツケースに現金を詰めこんで高跳びはできないから、信用できる人間にマネーロンダリングしてもらう必要がある。第三者への融資を偽装するとなると、その取引を処理する人物がいる。スイスかケイマン諸島かどこかに番号口座を持っていたとしても意外ではない。長年のあいだに、それより少額の預金口座もいくつも作っていただろう」

「どうすれば突きとめられる？」

「たぶん無理だ」

「無理じゃないとしたら、どうすればいい？」

ネイサンはしばらく考えてから答えた。「金の流れを追う」

「それはもうやったけど、行きづまったわ」

「内部の共犯者を見つけるんだ」

ホリーは思案してからきいた。「誰だと思う？」

「おれならまず、レナード・ブリッジストーンの軍隊の経歴から調べる。湾岸戦争で知りあって、現在は金融機関に勤めている人物を探す。そいつは歩合を受け取っている。その形跡があるはずだ。収入以上の生活をしている人物はいないか。でかい家とか高級車とか株券とか、給料だけでは買えないものを持っている人物を探すんだ。それで見つからなかったら、アーニーの周囲を調べろ」

「なるほど」

「共犯者がわかれば、口座も突きとめられるかもしれない。だがその人物が脅迫されてやっているのだとしたら、ほとんどお手上げだな。地元の支店から始めてみてもいいが、たぶん州外で口座を作っているだろう。ネヴァダかな。大口の現金取引がよくあるから。ハーヴィーとおれは似たような状況に遭遇したことがある。離婚しようとしていた女性が、夫に隠し金があると疑っていた。実際、三〇〇万ドル近くの金を隠し持っていて、大学時代の友人にロンダリングさせていたんだ」

「あなたたちは警備会社を経営しているんじゃなかったの？」

「そうだが、私立探偵の仕事もやっている」

「それで、どうなったの？」

「夫を恐喝した」

「本当に？」

「好戦的な態度を取られたから、ハーヴィーが思い知らせてやったんだ」

「ハーヴィーは……具体的に何をしたか聞かないほうがいい？」

「そうだな。とにかく、そいつは刑務所に入れられないために、二〇〇万ドルを超える額の小切手を切った。書類上ではその一〇倍の財産があったが、現金が一番大事だ。妻は一〇パーセント支払おうとしたけど、おれたちは三パーセントだけ受け取った」

「欲がないのね」

「じゅうぶん稼いだ」

「でも、くれるっていうのを断ったんでしょう」

ネイサンは肩をすくめた。「そんなにもらうのはよくない気がしたんだ。金に困っているわけじゃないし。それに、その女性が新しいクライアントを何人か紹介してくれて、そこからまた口コミで雪だるま式に増えていったんだ。すぐに仕事を断るはめになった。スタッフの数が足りなかったから。ブリッジストーンの話だが、もうひとつ考えておいたほうがいいことがある」

「何？」

「やつらはきみを狙うだろう。きみというか、ＦＢＩ全体を。おれはＦＢＩの旗印の下で、弟を殺したんだ。恨まれているだろう」

「向こうはかたきを取るつもりだというのね？」

「考慮に入れておいたほうがいい」

「彼らがさばいていたもののことを考えると、ぞっとするわね」

「おれがきみの立場なら、しばらく安全対策を講じる。休暇を取って、街を出るとか」

「何が起ころうと、逃げることはできないわ」

「やつらはとっくに行方をくらましている可能性もある。何もしてこないかもしれない。選択肢はふたつだ。急いで逃げるか、弟のかたきを取ったあとに逃げるか。どっちを選ぶかは知る由もない」

「あなたはどっちだと思う？」

ネイサンはため息をついた。「襲撃のとき、兄弟のひとりが――アーニーでまず間違いないと思うが、弟を助けるために開けた場所を一五〇メートル近く猛ダッシュしたんだ。ＳＷＡＴがいるとわかっているのに。もうひとりの兄――レナードが先手を取らなければ、アーニーもおれに撃たれるところだった。愚かで無謀なだけか、勇敢で献身的なのか。どちらかと言えば後者だと思うが、その両方かもしれない」

「じゃあ、逃げる前に何か仕かけてくると思っているのね？」

「その可能性は高い」

「わたしたち――ＦＢＩに？」

ネイサンはうなずいた。「やつらはテロリストではないんだ、ホリー。アルカーイダのように、狂信的な宗教理念や憎しみを抱いているわけじゃない。金がすべてだ。無作為に仕かけることはない。市バスや駅やスポーツイベント会場を爆破したりはしない。彼らに損害を与えた相手を狙う。あまり時間がないから、長時間の偵察を必要としない、臨機標的を選ぶだろう。すでに計画を立てていたとしても、おれは驚かないよ」

「どうすればいい？」

「警備を強化するしかない。結局、おれたちは脆弱な社会で暮らしているんだ。混乱が大惨事につながる。七〇年代後半に起きたニューヨーク大停電は覚えてるか？」

「なんとなく」

「最近ネットで読んだんだが、暴動や略奪が多発したらしい。放火も一〇〇〇件以上発生して、街全体が燃えあがった。最終的に四〇〇〇人近くが逮捕されて、被害総額は三億ドルに及んだ。ハリケーンが発生したわけでも、地震や洪水が起きたわけでもなくて、明かりが消えただけなのに。みんな、もっと備えておくべきだったとか、あすればよかったこうすればよかったと、市を非難した。だけど結局、社会を社会から守る方法なんてない。昔からずっと、繰り返し起きることなんだ」

「希望のない話ね」

「でも勘違いしないでくれよ。計算してみれば、その夜、不名誉な行為をした人間は一〇〇〇人にひとりだけだ。この機に乗じたごく少数の犯罪者予備軍が、すべての問題を引き起こしたんだ。大多数の市民は蠟燭や懐中電灯の電池を見知らぬ人に貸したりして、お互いに助けあい、立派にふるまった。災害が起きたときにその人の人格がわかる。最悪の状況でも、きみは最善を尽くせるだろう」

「そうだといいけど」

「自分を信じろよ。きみは金のためにＦＢＩに入ったわけじゃない。もっと給料がよくて拘束時間の少ない仕事はほかに百万とある。まあ、百万はないかもしれないが、おれの言いたいことはわかるだろ。いつか人生を振り返ったとき、自分は世の中をよくしたと確信していたい。そうきみは思っている。その気持ちを持ちつづけるんだ、ホリー。絶対に忘れないでくれ」

「さっきも言ったけど、あなたのような人に出会ったのは初めてよ」

「おれは特別な人間じゃない。過去に生きるのはやめると決めたんだ。誰だって何かしら悲しい過去を抱えている。それにどう対処するかで変わってくるんだ。おれはあんな目に遭ったからって、ニカラグア人を憎んだりしない。前は憎んでいたけど、もうやめたんだ。レイプの被害者は、一生すべての男を憎むのか？　怒りや苦しみは自然な感情だけど、コントロールできないなら癌と同じだ」

「わたしはそういう試練を受けたことがないの。だから、自分がどう対処するかわからないわ」

「そのときになってみないとな」

オーロヴィルから先はあっという間だった。険しい峡谷をたどり、橋を渡って、花崗岩を爆破して作った短いトンネルを通り抜けた。穏やかな川面が月明かりを反射している。反対側の岩壁の上に、線路が道路と並行して走っていた。ときどき小さな水力発電所を通り過ぎる。その四角い形が、岩だらけの不規則な地形の中で際立っていた。ネイサンはフライトと睡眠不足のせいで疲れきっていたが、ホリーと話していると気分がくつろいだ。彼女はユーモアのセンスがあるし、厳しい状況であるにもかかわらず、前向きな姿勢を持ちつづけていた。

「昼間走るとすごくきれいなんだ」ネイサンは言った。「襲撃の日に、ハーヴィーとこの道を通った」

「わたしも何回か来たことがあるの。シーニック・バイウェイに指定されているのよ」

曲がりくねった道はなだらかに傾斜し、松林に入っていった。

ホリーの無線機が音をたて、ヘニングの声が聞こえてきた。〝曲がり角に接近、ヘッドライトを消してください〟

「了解」ホリーが答えた。

三台の車がライトを消した。先頭のヘニングがハイウェイからそれ、砂利道の交差点を左折した。道路標識はなく、鉄条網が張られているだけだ。道の両脇に巨大な木が立ち並び、東の地平線上に浮かぶ半月を覆い隠している。一〇〇メートルくらい進んだところで、一行は車を停めて外に出た。不気味な静寂が広がっていた。コオロギの合唱も聞こえてこない。風が吹き抜け、松葉がわびしい音をたてた。ここまで来るとかなり寒く、気温は五度くらいだ。標高は二〇〇〇メートルを超えているだろう、とネイサンは推測した。カリフォルニア交通局の道標をずっと見てきたが、最後の道標は標高一八二九メートルを示していて、そのあとさらに数キロ走っていた。

一同はホリーのセダンの横に集まった。ＦＢＩの車は、ドアを開けても車内灯がつかないようになっているのにネイサンは気づいた。ホリーが背中に大きくＦＢＩと入ったダークブルーのジャケットを羽織る。ヘニングがネイサンとホリーのあいだに割って入った。

ヘニングがブリッジストーンのいとこたちから聞いた話を一同に伝えた。「地所の入り口はここから約九〇〇メートル行った先にあります。右側に最初の施錠された門があり、そこからさらに約四五〇メートル先に山小屋が立っています。周囲は鉄条網に囲まれています。奥の隅の網を切って、そこから進入するのが妥当だと思われます」

ホリーが小声でコリンズとダウディーに話しかけた。「その前に安全な距離から撮影した山小屋の映像が欲しいわ。準備して。あなたたちから報告があるまでここで待っているから」

ふたりはギフォードのセダンに向かって駆けていき、トランクを開けた。

「ここにもクレイモアが仕かけられているかもしれない」ネイサンは言った。「仕掛け線にも気をつけないと。シカがたくさんいるから、まずないと思うが、念のために」

「そうね」ホリーが答えた。

ギフォードがうなずき、コリンズたちのほうへ歩いていった。数分後、ふたりの準備が整った。ネイサンとハーヴィーが使用しているのと同じ暗視装置を装備していたが、彼らのはヘルメットに取りつけるタイプだった。スコープをふたつ使うので、完全に奥行きを知覚できる。ブームマイクもついていた。ネイサンは彼らを妬ましく思った。自分も一緒に行きたいが、ホリーが許してくれないだろう。

「偵察のみよ」ホリーが言った。「誰かがいたとしても、攻撃しないで。撃たれた場合に限って応戦して」

コリンズとダウディーが出発し、暗闇の中に姿を消した。

ホリーは腰につけている無線機を手に取ると、ボリュームをさげてからボタンを押した。「ダウディー、無線確認……コリンズ……」それから、ヘニングに向かって言った。「車の中で何か役に立つ情報は聞けた？」

「特には。何度かききだそうとしたんですが。金のことで相当頭に来ているみたいです。何か計画があったんでしょう」

「ビールを飲むとか？」ホリーが言った。

ネイサンは話を聞きながら、別なことを考えていた。何かがずっと頭の片隅に引っかかっている。農場での――ガレージに関することだ。なんだろう。同時に、暗闇からクレイモア地雷が爆発する音が聞こえてこないかどうか耳を澄ましていた。〝気をつけろよ〟

「このあと、ビリーたちのことはどうするんですか？」ヘニングがきいた。

「家に帰すわ」ホリーが答えた。「ブリッジストーンに連絡を取る可能性があるから、監視は続ける」

「その前におれと話をさせてくれないか」ネイサンは言った。「おれとハーヴィーに」ハーヴィーを顎で示しながらつけ加えた。「今日のことを報告したらどうなるかを思い知らせておかないと」

「もうすでに規則を少し曲げたのよ」

「少しか？」ネイサンはきき返した。

「やつらが黙っていると本気で思うのか？」ヘニングがきく。

「人間の骨は二〇〇本以上あるんだ」ネイサンは言った。

ヘニングが嫌悪と不安の入りまじった表情でホリーを見た。

「あの金をいくらか渡してもいい」ネイサンは言った。「多大なる協力に対する謝礼として」

ホリーは返事をしなかった。

ネイサンは肩をすくめた。「別にまずいことはないだろう？　あの金は表に出ていない金だ。四〇〇〇ドルずつ渡したって、三〇万ドルも残る。切りのいい数字じゃないか。誰も気づかない。そうすればあいつらも少しは納得するだろう。今日のことを話したら、金はやらないと言うんだ。証拠は何も残らない」

「そうね、悪い考えじゃないかも……」

木立の隙間からもれ入るほのかな光の中で、ヘニングがいまにもぶちぎれそうな様子で、口をぱくぱくしているのが見えた。

「この時間を有効に使いましょう」ホリーが言った。「あなたとハーヴィーは彼らに骨の講義をしてきて」

上司の言葉に、ヘニングは口をあんぐりと開けた。

ネイサンは一緒にいればいるほど、ホリーのことが好きになっていった。この女性は勝利に向かって、やるべきことをしっかりとやる。「行くぞ、ハーヴ」ネイサンはホリーを振り返って言った。「金を提示してもいいか?」

ホリーは少し考えてから答えた。「もちろん、どうぞ」

三分後、ネイサンとハーヴィーはホリーたちのところへ戻った。

「どうだった?」ホリーがきいた。

「一年間はお利口さんにしているだろう」ネイサンが答えた。

ホリーの無線機が音をたてた。ホリーは片手を上げて耳を澄ましたあと、報告された内容を繰り返した。「建物一棟が全焼。ＢＢＲ一体を発見」

ＢＢＲ。

焼けて身元を確認できない（バーンド・ビヨンド・レコグニション）遺体。

ジェームズ・オルテガだ。

8

一五分後、ＦＢＩの車二台が現場をあとにした。ネイサンとハーヴィーとラリー・ギフォードの乗った車が先頭で、ヘニングとブリッジストーンのいとこたちが後方を走っている。ホリーはＦＢＩの鑑識班とサクラメント郡の検視官が到着するまで山小屋を保全するため、コリンズとダウディーと一緒に残った。

赤とオレンジ色の日の出を見ながらの帰り道の車内は、静かで重苦しい雰囲気が漂っていた。誰も話をしようとしなかった。サクラメントに戻ると、ギフォードはＪストリート出口をおりてハイアット・リージェンシーへ向かい、ヘニングはそのまま五号線を南へ進んだ。ヘニングがブレーキランプを二回点滅させると、ギフォードはそれに応えてハイビームを点滅させた。

あいつらと別れられてせいせいした、とネイサンは思った。ブリッジストーンのいとこたちは人間の屑だ。彼らの家のすさまじい有り様が忘れられない。屋内のごみ埋立地のようだったが、なぜかガレージだけはきれいに整頓されていた。ネイサンは集中して考えようとしたが無理だった。眠っていないせいで頭が働かない。隣に座っているハーヴィーも同じ状態に見えた。

ネイサンの思考を読み取ったかのように、ギフォードがきいた。「この二日間でどのくらい睡眠をとった？」

「あまり寝ていない」ネイサンは答えた。

「ホテルに戻ったらひと眠りしたほうがいい。その状態じゃ使い物にならないぞ。何かわかり次第連絡する」

「ありがとう、ラリー」

午前九時過ぎに、ネイサンたちはハイアットのポルチコの下で車を降りた。トランクから出した荷物をベルボーイに預けたあと、ギフォードと握手をし、手を振って見送った。それから、ふらふらした足取りでフロントへ行き、キャピトル・パークを見渡せる六階の続き部屋にチェックインした。ネイサンはベルボーイにチップを二〇ドルやったあと、オペレーターに電話して、自分たちにかかってきた電話は留守番電話につなぐよう頼んだ。


目を覚ましたとき、ナイトテーブルの上の電話のメッセージランプが点滅していた。ネイサンは受話器を取り、再生ボタンを押した。ホリーからで、折り返し電話が欲しいとのことだった。ネイサンはハーヴィーの部屋の番号にかけた。

「眠れたか？」

「四時間。そっちは？」

「同じくらいだ。ホリーから電話があったよ」

「二分で行く」

ネイサンはトイレに行ったあと、顔を洗って鏡を見つめた。どういうわけか、ガレージのことが頭から離れない。何が引っかかっているんだ？ 道具か？ エンデューロか？

続き部屋のドアを軽くノックする音がして、ハーヴィーが入ってきた。ネイサンは立ったまま九番を押してから、ホリー・シンプソンの携帯電話にかけた。

「ホリー・シンプソン」

「ホリー、ネイサンだ。スピーカーで話すよ。ハーヴィーもいる」

「悪い知らせよ。遺体はジェームズ・オルテガだった。検視官が歯科記録で身元を特定したの。一〇分前に聞いたばかりよ。重度の鈍器外傷を受けていて、指が六本欠けていた。肺に煙が残っていた」ホリーの声がうわずった。「ネイサン、生きたまま焼かれたのよ」

ネイサンは目をすがめてハーヴィーを見た。ハーヴィーは顎を震わせていた。

「もしもし？」ホリーが言った。

「本当に残念だ、ホリー」

「あなたたちの助けがなければ、こんなに早くは見つけられなかった。感謝しているわ」

「まだ生きていることを願っていたんだ。空腹で、脱水状態に陥っていたとしても、生きていることを」

「わたしもよ」

「おれたちが家族に伝えるよ」

「そうしてもらえると助かるわ。もう切らないと。ばたばたしているの。あとで連絡してくれる？」

「ああ」ネイサンは電話を切ってハーヴィーを見た。言葉は必要なかった。

〝まだ終わってないぞ、ろくでなしめ。まだまだ終わらない〟。フランク・オルテガに知らせるのはつらかった。孫息子が死んでいるのを覚悟していたとしても、実際にそれが確認されるのはまた別の話だ。確かな証拠が見つかるまで、一縷の望みは残されている。それがいま、ついえてしまった。ジェームズ・オルテガ特別捜査官は殉職した。ただ殺されたのではなく、ふたりの冷血漢に拷問を受け、屈辱を与えられ、生きたまま焼かれた。ジェームズ・オルテガがどんな目に遭わされたか想像するだけで、ネイサンはむかむかした。ブリッジストーンには人情のかけらもないのか？　火をつける前に殺すことだってできたのに。頭を強打したり、こめかみを撃ち抜いたり、喉を切り裂いたり、頭にビニール袋をかぶせたり、なんだってかまわない。それなのに、生きたまま焼いた。なぜだ？　そこに明らかなメッセージが隠されている――〝おれたちをコケにしたら、ただじゃすまないぞ〟。

ネイサンは言った。「オルテガに連絡しないと。おれがするか？」

「いや」ハーヴィーはポケットの中から小さな紙切れを取りだすと、そこに書かれた電話番号をじっと見つめた。

「ハーヴ？」

「大丈夫だ」

相棒は大丈夫ではないと、ネイサンにはわかった。全然大丈夫ではない。ネイサンはバスルームへ行って鏡をのぞきこんだ。藍色の目が見つめ返してくる。歯を食いしばり、両手をきつく握りしめていた。ジェームズ・オルテガは最後に懇願しただろうか？　火をつける前に殺してくれと。やつらは同情するふりをして顔を見あわせたあと、笑い飛ばしてマッチを放ったのだろうか？　そしてその場にとどまって、苦悶（くもん）の叫びを聞いたのか？

鏡に拳を叩きつけた。

鏡は粉々に割れた。

ネイサンはうしろによろめき、バスタブの縁に腰かけた。くそったれ。

ハーヴィーが戸口に現れた。

「手を見せろ」

ネイサンが無意識のうちに手を差しだすと、ハーヴィーはその手についたガラスの破片を取り除いた。血が流れ落ち、大理石の床を汚した。ハーヴィーはタオルを濡らして傷口をそっと拭いたあと、床の血をぬぐい取った。

「絆創膏がいるな。そこで待ってろ」

ハーヴィーはフロントに電話をかけ、救急箱と、割れた鏡の修理を頼んだ。

「さて」ハーヴィーが言った。「食事にしよう。一八時間以上何も口にしていないんだ。ルームサービスを頼むよ。いつものでいいか？　オードブルの盛り合わせ」

ネイサンはうなずいた。「すまなかった」

ハーヴィーが作り笑いを浮かべた。「先を越されたよ」ネイサンをベッドに座らせ、怪我をした指にタオルを巻きつけた。

「やつらを捕まえるぞ、ハーヴ。なんとしても」

「わかってる。まず何をするか、考えはあるか？」

「ああ。金の行方を突きとめる。刑務所の面会記録を調べよう。アーニー・ブリッジストーンに会いに来ていた人物を知りたい」

「昔のガールフレンドとか？」

「そうだ。それから、北イラクでレナードが知りあった人物の名前も突きとめる。ホリーにも話したんだが、金融機関の内部にマネーロンダリングをしていた共犯者がいるかもしれない。収入以上の生活をしている人物を探そう。一日あれば車で行ける場所に住んでいるはずだ。リノとかヴェガスとか。多額の預金がめずらしくない場所に」

「内部に協力を頼んだほうがよさそうだな」ハーヴィーが言う。「国防総省（ペンタゴン）のホーソーン大将に頼んでみよう」

ロバート・〝とげとげ（ソーニー）〟・ホーソーン大将は海兵隊総司令官で、統合参謀本部のメンバーだ。ネイサンたちがニカラグアで作戦行動を行っていたときの部隊長で、彼らの功績がホーソーンの出世を早める助力となった。

「いい考えだ」ネイサンは言った。「明日の朝一番に電話してみよう」

「協力してくれると思うか？」

「ああ、自分でやる時間はないだろうが、連絡将校に国防総省（DOD）のコンピューターを使って調べさせるだろう」

「聞き込み捜査も人手が必要だ。自分たちだけで全部やるのは無理だ。サンディエゴから会社の人間をふたり呼び寄せよう。ここに作戦基地を置くんだ。安全なファックス回線もいるな。暗号化した携帯電話を接続したファックスをルイに用意させよう。

安全な回線を使用しない限り、ソーニーはデータの送受信を認めないだろう」

ネイサンは気分が持ち直していた。計画を立て、目標に向かって動いているからだ。ブリッジストーンはこれから、狂犬病にかかった犬のごとく追跡される。自分たちが激しい怒りを買ったとも知らずに。報いが警笛を鳴らしながら疾走する貨物列車のごとく迫ってくるのだ。

ハーヴィーが料理を注文し、自分の部屋に運ぶよう頼んだ。数分後、ドアをノックする音がして、ハーヴィーがドアを開けた。ベルトに道具をぶらさげ、救急箱を持った保守係が入ってくる。バスルームへ行き、割れた鏡を見たあと、ベッドに座っているネイサンに視線を向けた。血だらけの手と、傷だらけの顔を見て取ると、何も言わないほうが賢明だと判断して、ハーヴィーに救急箱を渡した。

「時間はどれくらいかかる？」ハーヴィーがきいた。

保守係は肩をすくめた。「一時間くらいですかね」

ハーヴィーは救急箱から絆創膏を何枚か取りだしてネイサンの指に貼った。それから、ガーゼを巻きつけると、白いテープで手のひら側で固定した。

「ありがとう」ネイサンは言った。

「どういたしまして」

保守係が作業を開始した。ハーヴィーはガンベルトや暗視バイザーが入った雑嚢をネイサンの部屋に運んできた。

ネイサンは言った。「早くオルテガに電話したほうがいい。あとまわしにしても、余計につらくなるだけだ」

「わかってる」

「どうしてそんなに落ち着いていられるんだ？」

「さっきも言ったけど、先を越されただけだ。おまえがやらなくても、あの鏡は割れる運命にあった」

「おまえが物に当たっているところなんて見たことがないが」

「まさに、見たことがないだけだ。芝刈り機を金属バットでぼこぼこにしたこともある。買ったばかりでガソリンも入れたのに、動かなかったから。一〇〇回はコードを引っ張ったのに。それで、バットを持ちだしたんだ。キャンディスが庭に出てきて、何も言わずに取扱説明書をおれに渡した。それから、ガス栓をまわして、ウインクしたあと家の中に戻っていった」

「キャンディスらしいな」

「正直に言うと、芝刈り機を殴ったらすかっとしたよ。さてと、電話するか」

「ハーヴ、おれがかけるよ」

「いや、おれがやる。いまのおまえはオルテガと話せる状態じゃないし、これはおれの仕事だ。おれがおまえを巻きこんだんだから」

ハーヴィーが部屋から出ていったあと、ネイサンは頭をはっきりさせようとした。

　集中して、冷静に状況を見る必要がある。FBIがしたことについて考えた。襲撃の前から、ブリッジストーンのいとこの家を監視下に置いていた。なぜだ？　そこにブリッジストーンが現れると考えていたからだ。一方、フリーダムズ・エコーの本拠地にあるトンネルのことは誰も知らなかった。知っていたら、トンネルの反対側で待ち伏せして捕まえただろう。ＦＢＩがブリッジストーンを逮捕する絶好のチャンスをネイサンとハーヴィーに譲り渡したと、ホリー・シンプソンは本気で信じているのだろうか？　そんなことはありそうにないし、リスクが大きすぎる。フランク・オルテガが強く推したのかもしれない。それならまだ納得がいくが、その場合、オルテガはランシング長官に対して押しがきくはずなのに、サンディエゴで最初に会ったときの話からすると、そういうわけでもなさそうだ。それなら、真相はどこにある？　よくわからなくなってきた。

ネイサンはそれについて考えるのはいったんやめて、ふたたび農場での出来事を思い返した。やはりガレージが気になる。何かがおかしい。目を閉じて、ガレージの様子を思い浮かべた。左側に作業台が、右側に電動工具があった。奥の壁際に空き箱が積み重ねられていた。隅に真新しい赤のエンデューロが置いてあって、ラックがついていた。あれはいくらくらいするんだ？　四、五〇〇〇ドルか？　あのいとこたちにそんな高価なものを買う余裕があるとは思えない。新しそうに見えたし、よく手入れされていた。それを言うなら、ガレージにあるものはどれもぴかぴかだった。作業台の上のフックにかかっていた道具も、反対側にあった電動工具も手入れが行き届いていて、種類や機能別にきちんと並べてあった。あの空き箱。空き箱を取っておくやつがどこにいる？

それに、負け犬が玄関に仕掛け線を張る必要もない。なんでそんなことをしているんだ？　ビールの空き瓶を並べたりして。被害妄想の気があるだけか？　レナードとアーニーが来ると思っているのかもしれない。警察に目をつけられるのを予想していたとか？

ネイサンはガーゼの巻かれた手を見おろし、ビリーの腕に当ててあった包帯を思いだした。軍用包帯に似ていて、白いテープで十字に留めてあった。ネイサンは手を持ちあげた。ちょうどこんな感じに。戦場医療訓練の記憶がよみがえった。

くそっ！

ネイサンはナイトテーブルの電話に駆け寄り、番号を入力した。耳障りなビープ音が鳴りだす。最初に九番を入力するのを忘れていた。改めて入力すると、永遠とも思えるほど長い時間が過ぎてから、ようやく発信音が聞こえた。はやる気持ちを抑えて、ホリーの携帯電話の番号をゆっくりと慎重に入力した。

「ホリー・シンプソン」

「ホリー、よく聞いてくれ。おれたちはしくじった。完全にしくじった」

「誰なの？　ネイサン？」

「しくじった」

「いったいなんの話？」

「農場だ。ゆうべあいつらもあそこにいたんだ。ブリッジストーン――レナードとアーニーだよ」

「えっ？　どうして？　そんなことあり得ないわ」

「戻るんだ、ホリー。すぐにＳＷＡＴをもう一度送りこめ」

「ネイサン――」

「ホリー、頼むからそうしてくれ」

「でも、農場はずっと監視下に置かれているのよ。襲撃の前から。あそこに出入りしていた人物はいなかったわ」

「敷地の隅の風車の下に、太いパイプのようなものが立っていたんだ。さっきまで気づかなかったんだが」

「トンネルね」ホリーがささやくように言った。

「ホリー、ガレージをもう一度調べさせろ、明かりのスイッチだ」

「またあとで連絡するわ」

ネイサンは部屋の中をうろうろと歩きはじめた。「おれたちはもてあそばれたんだ、ハーヴ。あいつらのちんけなトリックにだまされた」戻ってきたハーヴィーに向かって言った。

「おまえの推理が間違っている可能性もある。あいつらはあそこにいなかったかもしれない」

「いや、いたんだ」

「ネイト、まだわからないだろ」

「よく考えればわかったはずだ。ビリーたちはもっと長く耐えられたに決まってる。おれたちを満足させるために——重要な情報をきだせたと思いこませるために、山小屋と金を差しだしたんだ。骨を投げ与えて、おれたちを追いだした。いとこたちがFBIか警察に尋問された場合に備えて、全部計画してあったんだろう。あの農場ははじめから、兄弟の隠れ家だったんだ」

ハーヴィーは何も言わなかった。

「ガレージだよ。あそこがずっと引っかかっていたんだ。あり得ないと思っていた。あんなだらしないやつらのガレージが、こんなに整然としているはずがないって」

「おまえが間違っていたらどうする？　ＳＷＡＴを派遣させるなんて、ホリーは大きなリスクを背負うことになるんだぞ。何も見つからないかもしれないのに」

「ハーヴ、あいつらを見ただろう。全身オイルやグリースまみれで、特に手が汚れていた。それなのに、ビリーの腕に当ててあった包帯はきれいだった。テープをちぎるときに汚れがつくはずなのに。あの家の中で清潔なのはその包帯だけだ。そう思ったのを覚えている」

「おまえの言うとおり、トンネルがそこにあったとする。いとこたちはどうしてやつらを引き渡さなかったんだ？　金が自分たちのものになるっていうのに」

「おれたちよりも、自分のいとこのほうを恐れているんだろう。ひょっとしたら、黙っていればもっと大金をもらえる約束だったのかもしれない」

「そもそも、どうしてあそこにいたんだ？　なんのために？」

ネイサンは答えなかった。ハーヴィーもわかっているはずだ。

「セムテックスだな」ハーヴィーが言った。「本拠地から消えていた分だ」

ネイサンはうなずいた。「ああ」

「いとこたちは？」

「殺される」ネイサンは言った。「あいつらを生かしておくのは危険だからな。念には念を入れるだろう」

「もしそれが本当なら、オルテガに話さないと」

「まだだめだ。ホリーにとって厄介な状況になるかもしれない。彼女が責任を負わされるのは目に見えている。そんなことになるくらいなら、おれが責任を取る」

「どうやって？　おれたちは公式に雇われたわけじゃないのに」

「ホリーを見捨てるのなら、すべてを暴露すると脅すんだ」

「ネイサン、ＦＢＩを脅迫するなんて無理だ」

「見てろよ」

「不可能だと言っているんだ。おれはやらない」

ネイサンは窓の外を見つめた。「明日、ランシング長官と話がしたい」

「オルテガがお膳立てしてくれるわけないだろう」

「おれたちを捜査に加えると決めたのはホリーじゃない。オルテガが決めたことで、それを長官が、無関係の姿勢を貫くという条件で許可したんだ。それにもうひとり、陰で操っている人物がいる」

「おまえの親父さんのことだな」

「そうだ。おれたちが参加することを親父も知っていると、オルテガが言ってただろ？」

ハーヴィーは何も言わなかった。

「親父は政治のためにCDTを活躍させたいんだ。そのためなら喜んで規則も破る。成功したら立派な業績になるからな。向こう五〇〇年間、資金に困ることはないだろう。第一面を飾るニュースになる」

「オッカムの剃刀(かみそり)だな」

「反論があるなら言ってくれ」

ハーヴィーが声を潜めた。「フランク・オルテガが親父さんに電話したんだ。黒幕はオルテガのほうだ。なんとしても孫息子を見つけたくて、そのためなら、ろくでなしのひとりやふたりの公民権が侵害されようとかまわなかった」

相棒の苦悩を感じ取ったネイサンは、歩きまわるのをやめ、口調をやわらげて言った。「なあ、ハーヴ。もし行方不明になったのがおまえだったら、おれも同じことをした。わかってるだろ。区切りをつけようとしたことで、オルテガを責めるつもりはない。オルテガはおまえに本当のことを話してくれると思うか?」

「ああ」

「おれたちは正確に知っておく必要がある。長官と電話で話がしたい。向こうがまだ状況を把握していなかったら、おれが全部話す。脅迫はしない。おれが全責任を負う」

「ちょっと待てよ、ネイト、そんなのおまえに――おれたちにとって不利だ。山ほど責任を負わされるぞ。張り込みしていたのはＦＢＩなのに」

「おれは全部目にしていたのに、気づかなかったんだ。おれは正しい道を歩みたい。おれたちは正しい道を歩まなきゃならない」

「おれたちは自分の身を守らなきゃならない」

「そのためにランシングと話がしたいんだよ」

9

ネイサンは眠れなかった。天井を見つめながら、ジェームズ・オルテガのことを考えていた。電話が鳴り、時計に目をやった。もうすぐ午前〇時だ。

「ネイサン、ホリーよ。起こしちゃった？」

「いや」

「あと五分でそっちに着くの。ロビーで会えない？」

ネイサンはひとりでいたい気分だったので、躊躇した。だが、彼女の口調にはどこか引っかかるものがあった。

「あなたの推理は当たっていたわ。「五分で行く」全部」電話が切れた。

ネイサンはバスルームで歯を磨き、タオルを濡らして顔を拭いた。部屋を出てエレベーターに向かう。ボタンを押そうとしたところで、携帯電話を忘れたことに気づいて踵（きびす）を返した。ようやくエレベーターに乗って下降するあいだ、ホリーの一日に思いを馳（は）せた。首を横に振りながら、人けのないロビーに出た。フロント係が微笑みかけてくれる。ホリーは三分後に現れた。白いシャツの裾をブルージーンズに入れて、インディアンジュエリー――シルバーとターコイズ――のベルトを締めている。疲れきっているときでさえ、彼女は美しかった。

ガラスの自動ドアが開くと同時に、ネイサンは立ちあがった。

「やあ」

彼女の表情がすべてを物語っていた。

「ああ、ホリー」ネイサンは両腕を広げた。

ホリーが近づいてきて、ネイサンをきつく抱きしめた。

「大変な一日だったんだな」ホリーがうなずく。ネイサンはその頭に顎をのせた。彼女と同じくらい、この抱擁を必要としていた。

「どうしたの、その手?」

「バスルームの鏡と議論して勝ったんだ」

「大丈夫?」

「ただただ面目ない」

ホリーが体を引いた。「恥知らずのわたしを見習ったら?」

「きみはそんな人じゃない」

ホリーが作り笑いを浮かべた。「ハグしてくれてありがとう。少し楽になったわ」

「おれもだ」

「ゆうべ、あなたのおかげでわたしたちは命拾いしたのよ」

「明かりのスイッチだな」

「工具の空き箱にクレイモアがいくつか仕かけられていたの。ブルースが明かりをつけていたら、みんな死んでいた。彼はすっかり動揺して、辞めると言っている」

「引きとめろ」

「辞めさせないわ」ふたりはソファに向かいあって腰かけた。「それから、監視バンに乗っていた技術者ふたりが、ブリッジストーンに殺された。その前に拷問を受けたのよ。オルテガみたいに。母屋で頭部を撃ち抜かれた遺体を発見したの。全部記録されていたわ。拉致(らち)されたときも機械は作動していたから。ふたりの悲鳴が……恐ろしかった」

「残念だ、ホリー」

「まだあるの、ネイサン。ブリッジストーンはあなたのことを知っている。彼らの弟を殺したのはあなただと知っているの。あなたの父親が誰かも」

ネイサンは無言でホリーを見つめた。どうして知っているんだ？　悪い考えが次々と頭に浮かんだ。

「証人保護プログラムで、あなたを保護することもできるわ」

「やめてくれ。あんなまぬけどもから逃げ隠れするつもりはない」

「でも、状況は変わったのよ。あなたの身元を知られているの」

「さあ、出かけよう」

ホテルの外に出ると、ホリーが代わりに運転してくれないかとネイサンに頼んだ。ネイサンは彼女をSUVの助手席に座らせてから、運転席にまわった。シートを一番うしろまでさげて乗りこみ、鍵をまわそうとしたがそこにはなかった。

「ごめんなさい」ホリーがハンドバッグから鍵を取りだした。「すぐ近くにピアノバーがあるの。閉店まであと一時間あるわ」

「いいね。よく行くのか?」

「眠れないときにね。どうしてガレージのスイッチに気づいたの?」

「確信があったわけじゃない。直感だ」

「Lストリートを右に曲がったあと、次の信号で左折して。何から感じたの?」

「うまく説明できないかもしれない」

「いいから話してみて」

「いろいろだ。頭に浮かんでいたこと。本拠地のクレイモアとか。農場の玄関の仕掛け線とか。埋められていた金とか。どれと特定するのは難しい」

「仕掛け線が張られていたの?」

「ビールの空き瓶につながっていた。きみたちが来る前に切ったんだ」

「そういえば空き瓶があったわね。深く考えなかったけど」

「ハーヴとおれはああいうものに目をつけるよう――普通に見えるものを疑うよう訓練されたんだ。ガレージの扉に仕掛けがなくてよかったよ。扉を持ちあげたあとで、仕掛け線に気をつけるようきみたちに言っただろ」

「あなたがあの場にいてくれて本当によかった。正直に言うと、最初は腹立たしかったの。あなたたちを怒らせたくないから、空港では何も言わなかったけど」

「ラリー・ギフォードにも同じことを言われたよ」

「ラリーはいい人よ」

「ああ、わかってる。彼は本物だ」

「わたしたちは――ＦＢＩは家族のようなものなの。だから、お互いに面倒を見る。ときどき、排他的だとか、傲慢とさえ思うこともあるけど。外部に協力を求めるのが好きじゃないのよ」

「わかるよ」

「どうしてそんなに落ち着いていられるの？　ブリッジストーンに身元を知られているのに」

「知られているのは名前だけだ」

「次の信号を左に曲がって、そこらへんに車を停めて。バーは通りを少し行ったところにあるの」

ネイサンは車を路肩に寄せて停めると、すばやく車を降りて助手席のドアを開けに行った。だが彼がたどりつく前に、ホリーが出てきた。ネイサンがドアを閉めた。

「そんなことしてくれなくていいのよ」

「母の教えだ」

ふたりは無言で歩道を歩きはじめた。まだ車の往来はあるものの、繁華街は静まり返っている。バーの入り口が見えた。ガラスのドアに黒い日よけがついている。ドアの脇の窓にグランドピアノの形をした赤いネオンサインが、反対側の窓にはカクテルグラスの形をした青いネオンサインが飾られていた。店内からジャズがかすかに聞こえてくる。いい感じだ、とネイサンは思った。店の周囲の歩道に吐き捨てられたガムがこびりついていることもない――それで客のレベルがわかる。ガラスのドアもぴかぴかだ。指紋も汚れもついていない。

ホリーはためらいつつも、ネイサンにドアを開けてもらった。中に入ると、ネイサンは右から左へすばやく店内を見まわした。ホリーも左からぐるりと見まわす。途中で目が合い、同じことをしていたのに気づいてふたりとも微笑んだ。左側にカウンターが、右側にテーブル席がある。奥の壁際に小さなステージが設けられていて、ふたりのミュージシャンが演奏していた。せまい店だから、音響拡声装置は使わずに生音を聞かせている。驚いたことに、ほかに客はいなかった。バーテンダーがうなずき、ネイサンたちは一番手前のテーブル席を選んだ。ネイサンはホリーのために椅子を引いてやり、ホリーが礼を言った。

「入り口に背を向けて座るのはいやじゃないの？」ホリーがきいた。

「そのほうが好きなんだ」

ホリーが不思議そうな顔をした。

「トラブルがやってくるときは、どうせすでにこっちは出遅れている。それにきみが、ジーンズの下に使い捨ての拳銃を忍ばせているから。右足首だ」

ホリーが目をくるりとまわした。「使い捨てなんかじゃないわ。グロック39よ」

「訂正するよ、小型の大砲だな。45GAP、シングル／ダブル・アクション、六発だろ？」

「七発よ。チャンバーに入ってるのも含めれば。やっぱり銃に詳しいのね」

「趣味なんだ。きみの足首がふくらんでいるから気づいた」

「それで？」

「それで……悪いやつが入ってきたら、おれは身をかがめて、きみが撃てばいいと思ったんだ」

「いいわよ、そうしましょう。ブリッジストーンのいとこたちがどうなったかについてはきかないの？」

「ロビーできみを見たとき、問いつめるのはよそうと思ったんだ」

「あなたが言っていたように、とうとう燃えつきてしまったみたい。キッチンに立っていたら、突然わけもなく涙が出てきたのよ」

「理由ならあるだろう。こんな大きな事件が起こったんだ。あのとき言ったのは、ささいなことで泣きだしてしまうってことだ。皿を割るとか肉を焦がすとか」

〝肉を焦がす〟というたとえはまずかった、とネイサンは思った。「すまない、言葉の選択を間違った」

「どうしてあんなひどいことができるの？　生きたまま燃やすなんて」

「おれにもわからないよ、ホリー。さっぱりわからない」

バーテンダーが近づいてきた。背が低く髪の薄い男で、口髭を生やし、蝶ネクタイを締めている。にっこり笑うと、プレッツェルの入ったボウルをテーブルに置いた。

「何か飲み物をお持ちしましょうか？」

「今日のグラスワインは？」ホリーがきいた。

「二〇〇三年のトービン・ジェームズ、カベルネ・ソーヴィニヨンです」

「地元のワイナリー？」

バーテンダーは片手で〝だいたい〟を表すジェスチャーをしながら答えた。「パソロブレスにあります」

「いいわね、それにするわ」

「お連れの方は？」

「ノンアルコールビールを」

「お酒は飲まないの？」ホリーがきいた。

「だいぶ前にやめたんだ」

「頑張ったわね。わたしが飲んでいても大丈夫？」

「問題ない」

　ホリーはわずかに声を潜めた。「農場の家の寝室のクローゼットの中に、トンネルの入り口があったわ。ベニヤ板と汚い服で隠していたの。板の下は小さい部屋になっていて、ベッドが二台置かれていた。自分の手で掘るには何週間もかかったでしょうね。本拠地のトンネルの構造とまったく同じに見えたわ。壁に枕木を使っていて、スケートボードの車輪を取りつけた水上スキー板も置いてあった。あなたの言ったとおり、敷地の隅の風車の下につながっていたわ。近隣の敷地を這って移動して、別の道につながる峡谷へ向かった跡が残っていた」

「ビリーたちはどうなった？」

「ＳＷＡＴが遺体を発見した。トンネルを一五メートル入ったところまで引きずられていたの。ふたりとも二二口径の銃で後頭部を撃たれていた」

ネイサンは唇を引き結び、首を横に振った。

「あなたの落ち度じゃないわ。ゆうべ、ふたりがあそこにいたのかどうかもまだはっきりしていないのに」

「いたんだ」

「断定はできないでしょう。昨日、あのあと現れたのかもしれないし、今朝、ブルースがいとこたちを送っていった頃に来た可能性もある。ブルースは命拾いしたわね。殺されていたかもしれない。もっと言えば、殺されなかったんだから、彼らはまだそこにはいなかったと考えられる。それに、盗聴器を仕かけていたのよ。ふたりの声は聞こえてこなかったわ」

「盗聴器が仕かけられていると見抜いて、筆談していたのかもしれない。なぜ気づかなかったんだろう。あのガレージも、何もかも目の前にあったのに。つなぎあわせて考えることができなかった」

「アーニーとレナードがあそこにいると考えるだけの理由はなかったでしょう。ブルースの言うとおり、いとこたちはただの田舎者にすぎないんだから」

「じゃあ、どうして殺された？」

ホリーは返事をしなかった。

「何かを知っていたからだ。別の隠れ家とか。連絡先とか。何か重要なことを。バイクはまだガレージにあったか？」

「なくなっていた。広域手配したの。市と州と地元の警官が、何色であれエンデューロを見かけたら止めているわ。運がよければ捕まえられるかもしれない」

「そう願おう」

「そのためにあらゆる手を尽くしているわ」

「ブリッジストーンが農場へ行った理由ならわかっている。あそこに本拠地から消えていたセムテックスを隠していたんだ。たぶんトンネルの中か、地下室に。きみのところの鑑識は痕跡証拠を調べられるか？」

「ええ、検出するのは難しいと思うけど。セムテックスは――」

バーテンダーが飲み物を運んできた。ネイサンは凍って白く曇ったジョッキにノンアルコールビールを注ぐと、ジョッキを持ちあげて乾杯した。ステージのスポットライトの下では、ミュージシャンがジャムセッションを続けている。

「セムテックスはほとんど何も痕跡を残さないの」ホリーが言葉を継ぐ。「むきだしで置かれていたときでさえね。火薬や硝安油剤爆薬（ANFO）とは違うのよ。ああいうのだったら簡単なんだけど。セムテックスがクレートに入ったままだったとしたら、お手上げね」

「あそこでもう少し探っておくべきだった」

「山小屋へ早く行きたがったのはわたしよ」

「もっと大きな問題がある」ネイサンは言った。「大問題だ。あそこに消えたセムテックスが置いてあったのだとしたら、あいつらはなぜ運びだしたのか」

ホリーがネイサンをじっと見つめた。「考えたくないわ」

「取引を完了するためではないだろう。クレート単位で売っていたとは思えない。まとめてどこかに売ったはずだ」

「どこに売ったと思う？　国外のテロリスト？　国内のアルカーイダの下部組織？」

ネイサンはかぶりを振った。「いや、そうじゃない。過激な武装集団に売ったんだと思う。セムテックスはＡＮＦＯやトリニトロトルエン（TNT）よりも扱いやすいから。ブリッジストーンは冷血漢だが、テロリストではない。イスラム過激派に売ったとは思えないんだ。しっくりこない。やつらはこの国を憎んでいるわけじゃなくて、金が欲しいだけだ。直感で言ってるだけだが。ブリッジストーンを逮捕して尋問したら、テロリストではなくて、武装集団と取引していたことが明らかになるだろう」

「ブリッジストーンはいまや立派なテロリストよ」ホリーが言う。「彼らのしたことを考えてみて」

「凶悪な犯罪を行ったのは確かだが、冷淡に聞こえるのを承知で言えば、大規模な事件ではない。前にも言ったが、あいつらが何かをしでかすときは、無作為に仕かけることはない。自分たちに損害を与えた相手を狙うんだ。ＦＢＩと、いまではおれも加わった」

「ブリッジストーンはどうしていとこたちにお金を隠しているところを見せたの？　そのあいだ、いとこたちに出かけさせることもできたのに」

「おれも同じことを考えていたんだ。それも計画の一部だったんじゃないかな。格好の骨を投げておいたんだ。あんな大金を目の前にしたら誰だって惹きつけられる。あれを見たときのヘニングの反応を覚えているだろ？　いとこたちが警察に尋問されたときは、しばらく抵抗してみせたあと、金と山小屋を差しだすことになっていたんだ。降参したふりをして」

「ブリッジストーンはあのお金を餌として使ったというの？　最初から捨てるつもりだったと？」

「実際、うまくいっただろ？　おれたちは金と山小屋の情報を手に入れたら満足して、さっさとあそこから出ていったんだから」

「そうね」

「聞いてくれ、ホリー、言っておかなければならないことがある。きみに隠れてこそこそしたくないんだ」

「わかったわ……」

「おれは明日、ランシング長官と話をするつもりだ」

ホリーはネイサンを見つめながら思案した。「理由をきいてもいい？」

「今回の件に、おれの親父が関わっているのはわかっていた。おれはハーヴィーに頼んで、フランク・オルテガに電話して確かめてもらったんだ。オルテガは認めたよ。最初に会ったときオルテガは、おれたちが参加することを事前にランシング長官に話したと言っていた。長官に隠れてこんなことはできないと。そしたら、長官は無関係の姿勢を貫くが反対はしないというから、オルテガは長官に大きな貸しがあったんだと思った。オルテガはおれたちが秘密作戦チームだったことを知っていて、孫息子をなんとしても見つけようとしているんだと」

「長官と話をして、何がしたいの？」

「ホリー、おれはハーヴと生きるか死ぬかの場面をくぐり抜けてきたんだ。だがこんな姿を見るのは初めてだ。ものすごく苦しんでいる。ハーヴにも区切りが必要なんだ。自分でわかっている以上に。ブリッジストーンがジェームズ・オルテガにしたこと、きみの部下たちにしたことは……報いを受けなければならない」

「質問の答えになっていないわ」

「ブリッジストーンを追跡する許可をもらう」

ホリーが首を横に振った。「長官は絶対に認めないわ」

「ふたりを殺したり、その過程で誰かに重傷を負わせたりはしないと約束するつもりだ。ＦＢＩが尋問するために生かしておく必要があるのはわかってるよ。それに、おれたちのやり方を見ただろう」

「あれがすべてではないでしょう」

ネイサンは無言でうつむいた。

ホリーが手を伸ばして、ネイサンの手に触れた。「いやな言い方をしたわね。ごめんなさい、許して」

「いや、きみの言うとおりだ」

「悪気はなかったのよ」ホリーが彼の手を握りしめた。「本当にごめんなさい」

「おれたちは――おれとハーヴはひどいこともしてきた。おれたちがしたことは、国家の安全のためという名目で正当化されるとずっと思っていた。それは違うんじゃないかと頭の片隅で考えることもあったが。この任務を引き受けた夜、オルテガ夫人と話をして、人生はルールブックのように単純じゃないと教えてもらったんだ。世界がバラ色だとは思っていないと、彼女は言っていた」

「わたしも同じ意見よ」

「きみがそう思っていると言いたかったわけじゃない。ただ、ジェームズ・オルテガと、きみの部下たちへ対する正義以上のものがかかっていると言っているんだ。ブリッジストーンはセムテックスを密売していた。ＦＢＩとアルコール・タバコ・火器及び爆発物取締局は売った相手を突きとめて、できるだけ回収する努力をする必要がある」

「そのとおりだけど、あなたがこの先も捜査に加わることを、長官が認めるとは思えないわ。そうする理由がないもの。あなたのお父さんが関与していることがマスコミにもれたら、大変なことになるわ。長官には三万一〇〇〇人の部下がいて、六〇億ドルの予算がある。はっきり言って、あなたたちが必要だとは思わないでしょう」

「襲撃のときも、ジェームズ・オルテガを見つけたときも、おれたちは必要なかったか？」

　ホリーは返事をしなかった。

「長官の許可を得ておいたほうがいいが、別になくたってかまわない。ブリッジストーンに身元を知られたからには、もう引き返せない。いずれにせよ、あいつらは負ける」

「そして、打ち負かすのは自分たちだというのね？」

「ああ」

「どこから捜すつもり？　この国は広いのよ」

「まだサクラメントにいるはずだ」

「どうして？」

「やり残したことがあるからだ」

「自分がおとりになるなんて言わないでね」

「そのつもりだ」

「そんなのだめよ。何されるかわからないわよ。一歩間違えば、捕まってしまうかもしれない」

「自分の面倒は自分で見られる」

「絶対にだめ。お願いだからそんなことはしないと約束して。誓ってちょうだい」

「ホリー……」

「誓って」

「誓うよ」

「ありがとう」

「ランシングの許可が得られなかったら、きみが協力してくれるか？　ＦＢＩの全米犯罪情報センター（NCIC）にアクセスできたら助かるんだ」

「無理だとわかっているでしょう」

ネイサンは返事をしなかった。

「協力してあげたいけど、できることは限られているわ」

「わかった。無理を言ってすまなかった」

　ホリーはプレッツェルをかじったあと、ワインをひと口飲んだ。「あなたがＮＣＩＣシステムに入っている、特定の個人のごく限られた情報を非公式に要求するというのなら……」

　ネイサンは笑みを浮かべた。「それでじゅうぶんだ」

「公式には断ったことにしてね？」

「ああ、わかってる」

　ふたりは微笑みあった。

「どうするつもり？」

「ブリッジストーンの軍隊の経歴を調べるつもりだ」

「何を調べるのかきいてもいい？」

「アーニーが服役していたＵＳＤＢの面会記録を手に入れたい。海兵隊総司令官のホーソーン大将は、おれたちの部隊長だったんだ」

「統合参謀本部のメンバーね。いいコネがあるじゃない。協力してもらえるの？」

「たぶん。頼みごとをするのは初めてだから」

「どこまで話すつもり？　あくまで極秘の任務でしょ」

「そういえば、ブリッジストーンはどうやっておれの身元を突きとめたんだ？」

ホリーはグラスに目を落とした。「ギフォードとヘニングの会話を監視官たちが偶然聞いていて、それを尋問されたときに話したの。拷問を受けて、やむを得ず打ち明けたのよ。全部記録されていることを、ブリッジストーンは知っていた。ＦＢＩを挑発しているのよ」

ネイサンは口調をやわらげた。「なあ、きみは三日間で三人の部下を失った。ＳＷＡＴの隊員と、監視官二名を。ジェームズ・オルテガを含めたら四人だ。責めるつもりできいたわけじゃない」

「本当に恐ろしかったの。この世のものとは思えない悲鳴が聞こえて」

「ホリー、すまなかった」

「あなたのせいじゃないわ」

ネイサンは返事をしなかった。

ホリーは声を潜めた。「今夜はひとりになりたくないの」

「寝心地のいいソファはあるかい？」

「ええ。行きましょう」

「その前にハーヴに連絡しないと。心配しているだろうから。ブリッジストーンに身元を知られたことも伝えないと。いいかな？」

「もちろんどうぞ」

　ネイサンはズボンのうしろポケットから携帯電話を、前ポケットからホテルの名刺を取りだした。「六二七号室をお願いします……ハーヴ、おれだ……すまない、ああ、おれは大丈夫だ……いや、ホリーといるんだ……通りをちょっと行ったところにある店だ。ブリッジストーンはおれのことを知っている。親父のことも……監視していた技術者たちから無理やりききだしたんだ。ゆうべ、ギフォードとヘニングがおれたちのことを話しているのを聞いていたそうだ。全部記録されている。拉致されたときも機械は作動していたんだ」口の動きでホリーに〝すまない〟と言った。

　ホリーも声に出さずに〝いいのよ〟と答えた。

「ああ、隣にいる」ネイサンはスピーカーボタンを押したあと、ボリュームをさげた。「スピーカーに切り替えたぞ」ネイサンは電話をテーブルに置いた。ふたりは身を乗りだした。

「やあ、ホリー」

「こんばんは、ハーヴィー」

「ホリー、きみのふたりの部下のこと、お悔やみを言わせてくれ」

「ありがとう」

「悪いが、彼らが話したことを知っておく必要がある」

「わたしが聞いたから、教えるわ」

「いや、一言一句正確に知りたいんだ。重要なことだから、きみの記憶に頼るわけにはいかない」

ネイサンがふたたび〝すまない〟と言うと、ホリーは首を横に振った。「この状況では妥当な要求だと思うわ。コピーしてくるわね」

「早急に聞きたい。できれば今夜のうちに」

「ハーヴ」ネイサンは口をはさんだ。「もうすぐ夜中の一時だぞ。みんな家に帰っている。午前一時にわざわざ機械おたくを起こさなくたっていいだろ」

ホリーが声に出さずにきき返した。〝機械おたく?〟

「明日の朝一番にやってほしい」ハーヴィーが言う。「パソコンを持ってきてないから、CDか何かに入れてくれ。ウォルマートかどこかでプレイヤーを買うから。支局が開くのは何時だ?」

ホリーは電話に顔を近づけた。「明日の朝六時までに用意させるわ。それでいい?」

「ああ」

「ハイアットのフロントにあなた宛で送るよう言っておくから」

ハーヴィーは返事をしなかった。

「ハーヴ?」ネイサンはきいた。「どうした?」

「いや……宛名に記入するのはルームナンバーだけにしてくれ」

「わかった」ホリーが言った。

「きみが自分で宛名を書いてくれるか？」

「必ずそうするわ」

ネイサンはまたしても〝すまない〟と謝った。

ホリーは首を横に振った。

「よし」ハーヴィーが言う。「それなら問題ない」

「任せておいて」ホリーが言った。

「助かるよ。本当に。じゃあ、また明日」

「六時半に電話する。おやすみ」ネイサンは言った。

「わかった。おやすみ」

「悪いね」ネイサンは電話を切ってから言った。「あいつは用心深いんだ」

「そうみたいね。家族が――奥さんと子どもがいるの？」

「ああ。息子がふたり。結婚して一五年くらいだ。だけど、あいつは家族のことを心配しているんじゃない。たぶんもう社員に連絡して、明日の朝一番に腕っぷしの強いやつらをこっちによこすよう言ってるはずだ。いま電話したらつながらないだろう」

「ボディーガードを呼び寄せるってこと？」

「あいつはおれを心配しているんだ。正直に言うと、過保護すぎてときどきいらいらする。ブリッジストーンに名前を知られてたって、やつらがアクセスできるコンピューターシステムに、おれの情報は載っていないんだ。たとえDODの高官にコネがあったとしても、おれのファイルにはアクセスできない。だから、きみには驚いた。いったいどうやったんだ？」

「わたしじゃなくて、ラリー・ギフォードがやったのよ。どうやったかはきかなかったけど」

「今度尋問してやろう。優秀な男だな」

「ええ。たぶん、あなたのお父さんの力を借りたんじゃないかしら」

「なるほど」ネイサンは言った。「ハーヴの話に戻るが、たまに過保護だとなじっても、あいつは取りあわない。おれはまるでお荷物みたいだ」

「過保護にするよう訓練されてるのよ。あなただってそうでしょう」

「残念ながら」

「その……拷問が関わっているから、余計に心配しているのかしら？」

「たぶんそうだ」

ホリーは自分の分を払うと言い張ったが、ネイサンが支払いをすませた。ホリーのエクスプローラーに戻ると、ネイサンはどちらが運転するかきいた。ホリーはワインを飲んだので、ネイサンに頼んだ。法律に違反するほど酔ってはいないが、ＦＢＩでの自分の地位を考えたら、危ない橋は渡らないほうがいい。ネイサンは車を発進させた。ダウンタウンの人けのない通りを走るあいだずっと、ホリーはサイドミラーで誰かに尾行されていないかどうか確認していた。ネイサンもバックミラーを使って同じことをした。似た者同士だ、とネイサンは思った。

ホリーの家は美しく整備された住宅街にあった。私道に近づくと、ホリーが身を乗りだして、運転席のサンバイザーに取りつけられているガレージの扉のリモコンのボタンを押した。ホリーの左胸が腕をかすめ、ネイサンは息を止めた。数秒間、ふたりの顔が触れあいそうなほど近くにあった。ガレージに車を停め、エンジンを切ったあと、助手席のドアを開けに行く。今度はホリーは座ったまま待っていた。ホリーが玄関のドアの横にあるキーパッドに六桁の数字を入力すると、赤いランプが緑に変わった。家の中に入ると、ホリーは防犯システムをふたたび作動させ、部屋の明かりをつけた。

「いいね」ネイサンは言った。キッチンはネイサンの家よりきれいで、染みひとつない。あまり料理をしないか、潔癖性かのどちらかだ。その両方かもしれない。ブルーの御影石のカウンターが、ダークチェリーの戸棚にぴったり合っている。居間にあるミッション様式の家具は、大画面テレビに対して垂直に配置されていた。壁にワイランドの限定版画が何枚か飾られている。そのうちの一枚――シャチの群れの絵の原画がラホヤの別荘にあるのだが、ネイサンは言わずにおいた。

ホリーはハンドバッグをカウンターに置いた。「ノンアルコールビールはないんだけど、冷蔵庫にアイスティーが入っているわ。グラスは食器洗い機の上の戸棚よ。すぐに戻るから」そう言うと、右側の廊下の奥に姿を消した。

「いい家だ」

「ありがとう。楽にしていてね。留守番電話とメールのチェックをしてくるわ」

仕事と結婚したんだな、とネイサンは思った。戸棚からグラスを取りだして、ふたり分のアイスティーを注いだ。それから、リビングルームのソファに座って目を閉じた。いますぐ眠れそうだ。車内でホリーの胸が腕をかすめたことを思いだした。偶然かもしれないが、女性はああいった接触に敏感だ。間違った合図を送ることはあまりない。ベッドに誘われていると思うほどうぬぼれてはいないが。じっと座っていると、眠気が増していった。

ひどい一日だった。ネイサンはこの二四時間のあいだに起こった出来事を思い返した。サクラメントへ飛んだあと、車で農場へ向かった。ヘニングは挑発的で傲慢だった。ブリッジストーンのいとこたちを尋問し、つまらない芝居を見せられた。埋められていた金。山小屋までホリーと長いドライブをした。ジェームズ・オルテガの黒焦げの遺体。ＳＷＡＴが農場を襲撃した。ふたつ目のトンネル。監視官といとこたちが殺された。ブリッジストーンに身元を知られた。あいつらはほかに何を知っている？

ネイサンは目を閉じてため息をついた。少し前に四時間ほど眠ったことが遠い昔に思えた。

10

「ネイサン？」

ネイサンは周囲を見まわした。ホリーの家にいるのだ。彼女は少し離れたところに立っていた。

「どのくらい眠っていた？」ネイサンはきいた。

「一五分」

「そうか。疲れていたんだ。すまない」

「謝る必要はないわ。一〇分前に戻ってきたんだけど、起こしたくなかったの。予備の寝室があるからベッドで寝たら？」

ネイサンは床を指差した。「ここで寝てもかまわないか？」

「床で？」

ネイサンは肩をすくめた。

「本当に床で寝たいの？　寝室の準備をするくらい、何も面倒なことなんてないのよ」

「ここでじゅうぶんだ。ありがとう」

「それなら、せめて毛布を敷かせて。コンクリートみたいにかたい床だから」ホリーはしばらくして、毛布とキルトの上掛けを抱えて戻ってきた。

ネイサンはコーヒーテーブルを持ちあげて脇に移動した。それから、ホリーと一緒に毛布を広げた。

「よく床で寝るの？」

「朝起きたら床で寝ていることがよくある。だったら、最初からそこで寝ればいい」

「悪い夢を見るのね」

ネイサンはうなずいた。「もう慣れきっているから、たいしたことじゃない」

「何度も言うけど、あなたのような人に出会ったのは初めてよ」

「おれはただの男だ」

「違う。絶対に」

「ひどい一日だったな」

ホリーはネイサンに近寄って手を取った。「お互いにね。まだ一日は終わってないわ」

「そうだな」

一時間後、ネイサンが眠りについたあと、ホリーは脱ぎ捨てた服を拾い集めた。体がまだぞくぞくしている。廊下を忍び足で歩いた。ネイサンは穏やかな顔をしていたけれど、本当に眠っていたのだろうか？　監視官たちの悲鳴がどうしても頭から離れなかった。ネイサンがニカラグアでどんな恐ろしい拷問を受けたのか、想像もつかない。ネイサンがシャツを脱いだとき、ホリーは驚いた。ショックを隠せず、もう少しで流れを止めてしまうところだった。胸と背中に十字の傷跡が網目のようについていて、ぞっとした。あんなことをされてもなお、前向きに生きている。思いやりもある。本人が否定しようとも、ネイサン・マクブライドはやはり非凡な男性だ。セックスのときも、ホリーがしてほしいことをちゃんとわかっていた。それほど多くはない――片手で数えられるほど――けれど、これまでつきあった男性とは比べものにならないくらい献身的だった。ふたりの関係に未来があればいいのに、とホリーは思った。だが状況や仕事や、ふたりを隔てる距離のことを考えたら、長続きはしないだろう。どちらかが引っ越して、これまで築きあげた生活を捨てなければならなくなる。サンディエゴでの暮らしをぼんやり思い描いてはみたが、大きな支局の主任捜査官という地位を気に入っているし、サンディエゴで同等のポジションが空くのを待つとしても、いつまで待たされるかわからない。そもそも、サクラメントで最高位に昇進できたのも幸運だったのだ。〝でもこれからもずっと、わたしたちのあいだには特別な絆がある〟そう思いながら、ベッドにもぐりこんだ。ネイサンの言うとおり、ひどい一日だった。

ホリーははっと飛び起きた。いまの音は何? 動物が家の中に入りこんだの? 冷えきった手で銃をつかんだ。くぐもったうめき声。うなるような声。違う、動物じゃない。人間だ。上掛けをはねのけて廊下を走り、リビングルームの照明の明るさを落としてから、スイッチを入れた。ああ、ネイサン。汗だくで、髪を額に張りつかせながら、目に見えない悪魔を追い払うかのように両手を振っている。わめき声を聞いて、ホリーは思わず身震いした。ニカラグアで拷問される夢を見ているんだわ。山小屋へ向かう車中で聞いた話を思いだした。ネイサンを起こそうとしたガールフレンドが、怪我をして病院へ行くはめになったそうだ。でも、黙って見ていられない気持ちはわかる。ホリーはあとずさりし、ソファの背後から名前を呼んだ。

反応はない。

先ほどより大きな声で呼んでみても、起きなかった。どうすればいい? ホリーはお腹に力を入れて名前を叫んだ。彼の目がぱっと開いた。それから、すばやく立ちあがると、怒りに満ちた表情で身構え、そこにないナイフをつかんだ。

「ネイサン、わたしよ」

ネイサンは室内をさっと見まわしたあと、ホリーを見た。逃げたほうがいいと直感が告げていたが、ホリーはその場にじっとしていた。彼の表情が変化して、目が覚めたのだとわかった。ホリーは彼に駆け寄り、汗にまみれた体を抱きしめた。そのまましばらく、無言で抱きあった。

ネイサンがかすれた声で言った。「いま何時だ？」

「朝の四時を過ぎたところよ。大丈夫？」

「喉がからからだ」

「水を持ってくるわね」ホリーはグラスに水を注ぐと、ネイサンに渡した。

ネイサンは水を一気に飲み干した。「また蛾に襲われた」

「蛾の夢？」

「ニカラグアで、夜になると顔にまぶしい光を当てられたんだ。光は蛾を引きつける。おれは手を縛られていて、追い払うことができなかった」

「ひどいわ」

「水をありがとう」

ネイサンの体はまだ震えていた。

「もう大丈夫だ」

大丈夫ではないと、ホリーは思った。顔に恐怖の色が残っている。手を伸ばして彼の手を握った。

ネイサンが含み笑いをした。「本当にお荷物だろう。こんな姿を見せてしまってすまなかった。今夜は夢を見ずにすめばいいと願っていたんだが」

「ねえ、謝る必要なんてないのよ」

ネイサンがホリーを見おろした。「シャワーを借りてもいいか？」

「こっちよ」ホリーはネイサンを客用のバスルームに案内した。「一緒に浴びる？」

「メキシコに口髭を生やした男はいるかい？」

ホリーは笑った。驚くほど気分がよくなった。「イエスってことね」


午前五時少し前に、ホリーはネイサンをハイアットの前で降ろした。「六時までに音声データが届くようにするから」

「また長い一日が始まるな」ネイサンは言った。

「ときどき進捗状況を知らせてくれる？」

「もちろん」

「ネイサン……今朝のことだけど」

「大丈夫だ」

ホリーが微笑んだ。「あとで電話するわね」

「気をつけて、シンプソン主任捜査官」

　ホリーはふたたび微笑むと、車を発進させた。ネイサンは手を振ったあと、ロビーを通り抜けてエレベーターへ向かった。ハーヴィーはもう起きているだろうから、部屋のドアをそっとノックした。のぞき穴が暗くなったかと思うと、ドアが開いた。

「おはよう、相棒」ネイサンはそう言うと、部屋に入った。「よく眠れたか？」

「数時間」ハーヴィーがにやりとした。「おまえは？」

「全然寝ていない」

「やるな」

「おい、仕事の話をしていただけだ」

「はいはい」

「ホリーにいま送ってきてもらったところで、彼女はそのまま職場へ向かった。六時までにおまえにデータが届けられるように」

「実はちょっと後悔してるんだ……ほら、ゆうべデータのことで偉そうな言い方をしちまっただろ」

「そうか？」

「コーヒーを淹れたんだ」

「ところで、サンディエゴから誰を呼び寄せたんだ？」

ハーヴィーがネイサンをじっと見つめた。「会社から電話があったのか？」

「いや」

「おれならそうすると思ったんだな？」

「ああ」

ハーヴィーがコーヒーカップをネイサンに渡した。「しかたないだろ」

「おれも全面的に賛成だ」

「東部はもう八時を過ぎてるから、ソーニーに電話しよう。面会記録を入手するのに数時間かかるかもしれない。ランシング長官と話したいという意思は変わっていないか？」

「ああ」

「そうだと思った。オルテガがしぶしぶだったけど、お膳立てしてくれたよ。ブラックリストに載せられるのを恐れているみたいだった。たぶん載るだろうが。午前一〇時に少しだけ時間をもらえた」ハーヴィーがウインクをした。「電話をかけ終えたら、番号は消去するよう言われている。ランシングの秘書の番号で、長官の携帯電話につないでくれる。今日はニューヨークにいるらしい」

「よくやった」

「何を要求するつもりだ？」

「刑務所からの釈放カードだ」

ハーヴィーがネイサンをじっと見つめた。

「おれたちはブリッジストーンを追跡する」ネイサンは言った。「長官の許可がなくとも。社会的に容認される範囲内で行動するわけじゃない。現実を見ろよ、ハーヴ。おれたちは法を遵守(じゅんしゅ)する善良な市民じゃない。途中で誰かを叩きのめさなきゃならないときは、そうする。ＦＢＩに邪魔されたくないんだ」

「長官もおれたちに邪魔されたくないと思うだろう。おまえの要求をのむとは思えない」

「脅迫をしないんだから、そう言われるだろうな。ただ、余計なことはしてほしくない。おれたちを尾行するとか、電話を盗聴するとか。わかるだろ」

「ＦＢＩがそんなことをすると本気で思っているのか？」

「ああ」

「おれたちのしていることを、フランク・オルテガにはどこまで話す？」ハーヴィーがきいた。

「最小限だ」

「親父さんのことがあるからか？」

「ああ」

「オルテガは協力してくれると思うが。まだブラックリストには載っていないだろうし、グレッグならＮＣＩＣにアクセスできる」

「それならもう当てがある」

「ホリーにこれ以上リスクを負わせるのか？　グレッグだって彼女とほとんど同じくらい権限を持っているんだぞ」

「〝ほとんど〟だろ」

「ＮＣＩＣにアクセスする以外に、何を頼もうっていうんだ？」

ネイサンはそれには答えず、コーヒーを口にした。

「おれたちがブリッジストーンを捕まえたら、彼女の手柄にするつもりなんだな」

ネイサンは返事をしなかった。

「その逆もある。おれたちがしくじったら、彼女が責めを負わされるかもしれない」

「おれたちはしくじらない」

「一歩間違えばしくじるぞ、ネイト」

「ブリッジストーンを捕まえるのは、ＦＢＩじゃなくておれたちだ。パットン将軍の言葉を借りれば、『あの紳士よりも先にメッシーナに到着する』」

11

レナード・ブリッジストーンはスーパーマーケットの裏の搬入口の近くにグレーのピックアップトラックを停めた。予想どおり、このあたりは人けがない。アーニーは、盗んだ運送会社、ＵＰＳのトラックをピックアップトラックの隣に停めた。そして、ふたりでピックアップトラックの荷台を覆っている防水シートを取りのけた。

ふたりがかりでエンデューロを荷台からおろしてアスファルトに置いたあと、レナードはバイクのラックにくくりつけた大きなアイスボックスを確認した。アーニーはアイスボックスをそっとなでたあと、ピックアップトラックの荷台から、長さ三メートル、３×６インチの材木を取りだした。それから、ふたりでＵＰＳトラックの後部にまわり、シャッター扉を引きあげた。そこに、気絶して下着姿で縛られたドライバーが入れられている。レナードはそのドライバーの制服を着ていた。サイズはぴったりとは言えないが、問題ない。アーニーはドライバーの隣に材木を滑りこませた。打ちこみやすくするため、二辺を長さに沿って四五度の角度で、端の部分をＶ字形にテーブルソーを使って切ってある。

「本当にやるのか？」レナードはきいた。「まだ中止できるぞ」

「もちろんやるさ。サミーを殺されたんだ」

「こんなことをしたってサミーは生き返らない」

アーニーは眉をひそめた。「なんだよ、気が変わったのか？」

「国を出るのがさらに大変になるぞ」

「ちくしょう、出られるさ。理由はそれだけか？」

レナードは弟の責めるような口調が気に入らなかった。「いちいち説明してやらなきゃわからないのか？　少しは頭を使え、アーニー。これはとんでもないことで、とんでもない結果をもたらすんだぞ」

「ああ」

「怒るなよ。そんなつもりで言ったんじゃない」

「あと戻りはできないんだぞ。わかってるのか？」

「本当か？　おまえにわかるのか？　おれは――」

「もう話しあっただろ」

「また話しあえばいい」

「じゃあ、話せよ」

レナードはあきらめてシャッター扉を乱暴に閉めたあと、掛け金をおろした。「おれの気が変わる前にやってくれ」ピックアップトラックの助手席から黒いバイザーのついたヘルメットを取りだして弟に渡した。アーニーはヘルメットをかぶり、バイクにまたがってスタータースイッチを押した。4ストロークエンジンがかかり、重々しい音をたてる。アーニーがうなずいた。レナードはUPSトラックの運転席に乗りこみ、カーン・ストリートへ向かった。反対方向に走って弟を置いていきたい衝動に駆られる。だが、襲撃された日のこと、サミーの生気のない目を思いだした。一番下の弟──絶対に守ると誓った弟を殺されたのだ。凄腕のスナイパーに。レナードは反対したのに、アーニーがサミーをフリーダムズ・エコーに引き入れた。こういうことが起きるのはわかっていたはずなのに。そしていま、リスクをさらに高めようとしている。

レナードは雑念を振り払い、目の前の仕事に集中した。車の流れに合流し、アーニーがついてきているのをサイドミラーで確認する。左右を見て、警官がいないか探した。目的地に近づくと、右折してスピードをゆるめた。背後でアーニーがバイクを歩道に寄せて停めた。レナードは自動ゲートの横にある警備小屋の前でトラックを停めた。

ブルーの制服をびしっと着こなした門衛が、拳銃の台尻に手を添えたまま小屋から出て近づいてくる。

「マルコムはどうした?」門衛がそうきいたあと、にやりとした。「ゆうべ飲みすぎたんだな?」

「さあな」レナードは答えた。「インフルエンザにかかったのかもしれない」

「ああ、最近流行(はや)ってるもんな。初めて見る顔だから、IDを確認させてもらうよ」

「もちろんだ」レナードは帽子のひさしで顔が隠れるよううつむいたままトラックから降りた。そして車の前をまわって防犯カメラに映らない場所へ移動すると、すばやく四五口径の拳銃を抜いて門衛の腹に押しつけた。「命が惜しければゲートを開けろ」門衛の銃を奪ってから、小屋の中に押しやった。門衛はよろめき、ひっくり返ってうめき声をあげた。

レナードは門衛の口の中に銃口を突っこみ、カウンターの下のキャビネットに頭を押しつけた。「いますぐゲートを開けろ」

門衛が動こうとしないので、左手をブーツの踵(かかと)で踏みつけた。指が折れる音がした。門衛がわめきながら、銃口をかみしめる。歯のかけらが飛び散った。

「ゲートを開けろ」

門衛が何かしゃべりはじめた。

レナードは銃を口から引き抜いて額に押しつけた。

「ここからは開けられない。内側からしか開けられないんだ!」

レナードはすばやく考えをめぐらした。「ホリー・シンプソン主任捜査官にUPS

の配達だと伝えろ。余計なことを言ったら頭を撃ち抜くぞ」カウンターの上に飾られた、髪を三つ編みにしているふたりの女の子が写った写真を顎で示した。六歳か七歳くらいの双子に見えた。「かわいいじゃないか。おまえの子か？」

それで決まった。門衛はどうにか立ちあがると、受話器を取った。数秒待ったあと、「ＵＰＳ」とだけ言った。

レナードは門衛をにらみつけた。

門衛はおびえて受話器を持った手を上げたあと、ゆっくりと受け台に戻した。エンジンの音が聞こえてくる。レナードは窓の外に目をやった。アーニーがトラックのうしろにバイクを停めるのが見えた。材木を取りだしに来たのだ。重い鉄のゲートが、コンクリートにボルトで留められたレールに沿って開きはじめた。レナードは門衛の頭を殴って気絶させた。そして、ポケットから折りたたんだ封筒を取りだしてカウンターに置いた。

防犯カメラに映らないよう気をつけながら、トラックのうしろをまわった。アーニーはすでに材木を取りだしていた。レナードは弟を見ずに運転席に乗りこむと、車を動かしてゲートのすぐ内側に停めた。アーニーはいま頃、レールに材木を打ちこんでいるはずだ。そのあとふたたびバイクに乗って、正面玄関へ向かうことになっている。閉じようとしたゲートが材木にぶつかって逆戻りし、開いたままの状態になるのがサイドミラー越しに見えた。

レナードも正面にまわり、庁舎のガラスのファサードの前の歩道に車を寄せて停めた。〝さあ、アーニー、急げ〟

アーニーが車椅子用のスロープをのぼっていき、ガラスのドアの一メートル手前でエンジンを切ると、キックスタンドをおろした。

本当にこれでいいのか？　レナードは〝やめろ〟と叫びたくなったが、アーニーはどうせ聞き入れない。アーニーがバイクから降りたあと、アイスボックスの蓋を固定しているバンジーコードを外して開けるのを見守った。アームスイッチを入れて、タイマーを一五秒にセットしているのだ。

〝早くしろ、アーニー、急げ！〟

アーニーがバイクから離れて、トラックの助手席に乗りこんだ。

車を急発進させたい衝動を抑えこみ、レナードはゆっくりと走りだした。

あと一一秒。

UPSトラックが警備小屋の前に停車してから、一分も経っていなかった。興奮で体が震える。レナードは思いきり息を吸ったあと、フーッと吐きだした。文字どおり、あと戻りできない。

あと七秒。

レナードは無意識のうちにアクセルを強く踏んでいた。エンジンがうなり、加速していく。アーニーがヘルメットを脱いでサイドミラーをのぞきこむのを、横目でちらりと見た。

あと三秒。

くそっ、おれたちはいったい何をやってるんだ？　サイドミラーに、ガラスのドアから外に出てきたスーツ姿の男が映っていた。男はバイクを見つけると、周囲を見まわして持ち主を探した。

「あばよ（アディオス・アミーゴ）」アーニーがつぶやいた。

スーツ姿の男はまたたく間に消え去った。

一瞬のうちにいなくなっていた。

一八キログラム分のセムテックスに吹き飛ばされたのだ。

巨大なキノコ雲が上がり、まるで小型の核爆弾が爆発したかのようだった。

爆風がガラスのファサードを突き抜けた。

秒速八キロメートルで移動する超高温の炭酸ガスが人間の骨と肉を分離し、その両方を瞬時に焼きつくした。爆弾から六メートル以内にいた人間は、腕と脚をもぎ取られた。九メートル地点では、全身が吹き飛ばされ、首の骨が折れ、鼓膜が破れ、皮膚がはがれた。一二メートル地点では、ぬいぐるみのごとくパーティションに叩きつけられ、衝撃波に命を奪われた。一五メートル地点では、まだ生きている人間が死に瀕(ひん)していた。

体の感覚を失い、あおむけに倒れた女性が、細かい霧を浴びながら黒焦げになった天井のタイルを見つめていた。右腕で目を覆おうとしたが、そこに腕はなかった。三〇秒後、彼女は息絶えた。

ずたずたになったスーツを着た男は、むせて咳きこみながら、がれきの上を這っていた。その先には託児所があり、子どもたちが泣き叫んでいた。

12

ネイサンはハーヴィーを見ながら、携帯電話の呼び出し音を聞いていた。

「ランシング長官のオフィスです」

「ネイサン・マクブライドと言います。長官とお話しする約束をしてあるのですが」

「少々お待ちください、ミスター・マクブライド、長官におつなぎします」

不意に爆音が部屋に響き渡った――おそらく戦闘機の音だろう。

受話器の向こうからは何も聞こえなくなった。なんの音もしない。接続が断たれたのだと思って電話を切ろうとした矢先、男の声が聞こえてきた。

「イーサン・ランシング長官だ。ネイサン・マクブライドか？」

「はい」

「用件を話してくれ、ミスター・マクブライド」

「いま、スピーカーで話しています、長官。ハーヴィー・フォンタナが隣にいます。これは記録されているんですか？」

「ああ」

「考え直していただけませんか？」

「そうだな、ミスター・マクブライド、わたしの友人でもあるきみの父上に免じて、オフレコにしよう。そのまま電話を切らずに待っていてくれ」

ふたたび無音の状態になった。窓の外からパトカーのくぐもったサイレンの音が、続けて消防車のエアホーンも聞こえてくる。数秒後、ランシングが話しはじめた。

「この先の会話はオフレコだ。きみたちには先日、大勢の命を救ってもらった恩義があるからな。それから、軍隊時代の働きにも感謝している」

心からの言葉に聞こえた。ネイサンは言った。「光栄です。わたしたちの過去についてどれくらいご存じなのか、お尋ねしてもかまいませんか？」

「全部だ」

「お忙しいでしょうから、単刀直入に申しあげます。ブリッジストーンを追跡する許可をいただけないでしょうか」

「わかった。きみたちは民間人として、法律の範囲内で行動する限り、その権利を有するものとする」

「ランシング長官、率直にお話しさせていただきます」

「ああ」

ふたたびサイレンが聞こえてきて、ネイサンは眉根を寄せた。ハーヴィーが肩をすくめた。「状況を考えますと、多少の融通性が必要かと思われます」ネイサンは言った。「わたしたちがジェームズ・オルテガ特別捜査官を発見した経緯についてはご存じですか？」

「ああ、報告を受けている」

「あんなふうに、一時的に融通をきかせていただきたいんです」

「わたしがきみの頼みを正しく理解しているとしての話だが、わたしが法執行官としてそれを聞き入れるわけにはいかないことはわかっているはずだ。サクラメント郊外の農場で行われた尋問を、わたしは認めていない。遺憾に思っている」

「ランシング長官、誓って言いますが、わたしもこの会話を録音していません。それに、あの尋問で深刻な怪我を負った者はいませんでした」

「そういうことを言っているんじゃないんだよ、ミスター・マクブライド。ここはニカラグアでも旧ソ連でもないし、きみはもうＣＩＡの軍事作戦担当官でもない。きみは民間人で、この国の法律に従わなければならない。憲法は単なる紙切れ一枚ではなくて、社会を構成するのに欠かせないものだ。法律がどんな人間かを定義するんだ」

政治家らしい意見だ、とネイサンは思った。当然だ。長官は政治家でもある。思わず電話をきつく握りしめた。「人生はルールブックのように単純ではないと、オルテガ夫人に教わりました」

「ダイアンはすばらしい女性だし、彼女の哲学的な意見に反対するつもりはない。だが、きみの言っていることは、まさに〝滑りやすい坂〟だ。一度の逸脱なら誤りですむかもしれないが、二度目があれば〝そういう性質〟ということになる。これ以上きみたちを捜査に参加させたら相当なリスクを背負うことになる。このことが公になったら、どんな結果になるかわかるかね？　いまそんな報道をされたら、ＦＢＩはおしまいだ。アルカーイダの工作員と思われる者への盗聴に関する大統領権限問題で、すでに精査の対象となっているのだから」

「わたしの過去をご存じならば、わたしを——わたしの判断を信用していただきたいんです。わたしは見境のない行動を取ったりはしません」

「きみのことは信用しているが、きみが捜査に引き続き参加することに同意はできない。誤解しないでほしい。わたしはこれまできみが協力してくれたことには感謝している。だがここで同意するようなら、いまの地位は手に入れられなかった」一瞬、間が空いた。「そのまま切らずに待っていてくれ、ミスター・マクブライド」

ネイサンはハーヴィーを見た。「サイレンが聞こえるな」

「何か大きな事件が起きたんだ。さっきもまた消防車と、パトカー二台が交差点を突っ切るのが見えた」

ふたたびランシングの声が聞こえた。「もう切らせてもらうよ、ミスター・マクブライド、緊急事態だ」

「何があったんですか？」

「サクラメント支局が爆破された」電話が切れた。

あの爆音。ああ、まさか、セムテックスか。ホリー！　ネイサンの頭の中に恐ろしい映像が浮かんだ。彼女は死んでしまったのか？　いまも苦しんでいるかもしれない。彼女が火傷をし、骨折して、血を流している姿を想像した。ネイサンは急いでホリーに電話をかけた。呼び出し音が鳴っている。支局にいなかったのかもしれないという希望がわいた。

〝早く、早く出てくれ！〟

電話がつながり、男の声が応答した。「もしもし？」

ネイサンはとっさに偽名を使った。「ＤＣのロバートソン特別捜査官です。ホリー・シンプソン主任捜査官の携帯電話ですか？」電話の向こうからサイレンの音が聞こえてくる。

「身元は確認できていませんが、この携帯電話の持ち主は意識を失っています。われわれは現在、サターのＥＲに向かっているところです」

「容体は？」

「重体です。脚に多発骨折、一本は複雑骨折です。Ⅱ度かⅢ度の熱傷。おそらく内出血を起こしています。それから、両肩の脱臼。現在は安定していますが、頭部の外傷が最も懸念されます。もう一度お名前をうかがってもよろしいですか？」

　ネイサンは電話を切り、ハーヴィーに言った。「ホリーが重体でサターのＥＲに運ばれた」

「残念だ、ネイサン」

「サンディエゴから来る社員たちのことはおまえに任せていいか？」

「ああ」

「押しつけてすまない、ハーヴ」

「任せてくれ、早く行け」


　ブルース・ヘニング特別捜査官は、ＥＲに現れたネイサンを見ると、表情を曇らせた。いつも一分の隙もない格好をしているのに、今日の彼は泥道の上を引きずりまわされたように見えた。

「いったい何しに来たんだ、マクブライド？　こんなことになったのは全部おまえのせいだぞ！」

「ホリーはどこにいる？」

　ヘニングは答えなかった。

　ネイサンはヘニングに詰め寄った。「彼女はどこだ？」

「ＩＣＵにいる。おい、どこへ行く？」

「おまえにかまっている時間はない、ヘニング」

「ＩＣＵには入れないぞ」

「どうかな」ネイサンはドアに向かって駆けていく看護師に近づいていった。

「ＩＣＵはどこですか？」

「三階です」看護師がスイングドアを押して部屋に入っていき、中の様子がちらりと見えた。医師と看護師たち。血。

「くそっ、マクブライド。待て」

「おまえも一緒に来ればいい、ヘニング特別捜査官」

ヘニングはエレベーターに一緒に乗りこんだ。「よくもまあ図々しく、こんなふうに押しかけてこられたもんだな」

「怒りをぶつけるべき相手はほかにいるだろう」

「おまえを逮捕してやる」

「やれるもんならやってみろ」

エレベーターが三階に到着し、扉が開くと、目の前にぞっとする光景が広がっていた。正面にあるナースステーションには誰もいなかった。壁際に負傷者をのせたストレッチャーが何十台もずらりと並んでいる。普段は静かな場所が、戦場のトリアージ・ユニットと化していた。患者が多すぎて、医師と看護師の数が足りていないのは明らかだ。苦しそうなうめき声が、哀れっぽく不気味に聞こえる。エレベーターのすぐ外に配置されていた警官は青ざめ、険しい表情をしていた。警官はこちらに近づいてきたが、ヘニングがＦＢＩのバッジを見せると引きさがった。

向こう側で女性の負傷者を診ている医師が、振り返って叫んだ。「こっちを手伝ってくれ」

誰も行こうとしない。手が空いている人がいないのだ。

ネイサンは駆け寄った。「何をすればいい？」女性の腕に三〇センチメートルの深い切り傷が開いていて、筋肉と腱が見えていた。傷口の周囲の皮膚は黒焦げで、火脹れができている。ストレッチャーのシーツに血がたまっていた。

「きみは誰だ？」医師は四〇代半ばで髪が薄く、縁なし眼鏡の上にゴーグルをつけている。ネイサンよりも三〇センチは背が低かった。

「戦場医療訓練を受けたことがある。指示してくれ」

「手袋をつけて。カウンターの上にある。ナースステーションの」

ネイサンはカウンターに駆け寄ると、箱から薄緑色のゴム手袋を取りだしてつけた。

「わたしが二頭筋を脇へ寄せたら、上腕動脈のできる限り裂け目に近いところを押さえてくれ。裂け目は橈骨動脈と尺骨動脈の分岐点のすぐ上にある。いまわたしが指でつまんでいる部分だ」医師が移動式テーブルの上の器具を見た。「くそっ。止血鉗子（かんし）を使ってくれ。それしかないようだ。まずスポンジで血を吸い取るんだ。準備はいいか？」

「ああ」

医師が空いているほうの手で患者の肘のすぐ上の部分の筋肉をつかみ、脇へ寄せた。

「スポンジ」

ネイサンはヘニングの気配を背後に感じながら、傷口にスポンジを押し当てて血を吸い取った。すばやく動脈を押さえなければ、血がスポンジからあふれでてしまう。

「見えた」鉗子を開き、傷口に差し入れて、動脈の裂け目のすぐ上をはさんだ。

「締めつけすぎないように」医師が言った。「一クリックでいい」

「一クリック」ネイサンは復唱し、鉗子を最初のロックがかかるまで閉じた。

医師が裂け目をつまんでいた指を離した。「上出来だ」

ネイサンは言われる前にスポンジを取りだして、テーブルに置いた。

医師は鉗子の先端にかぶせて筋肉を元に戻し、止血帯を取り外した。「締めつけた箇所で動脈を修復しなければならない。鉗子で押しつぶしたらその部分が凝固する可能性があるが、腕を失うよりも、動脈を傷つけてあとで治したほうがましだ」

「この状態でどれくらい放置していられるんだ？」ネイサンはきいた。

「それほど長くない。筋肉の阻血時間は最大二時間だ。止血帯の使用時間を差し引いたら、一時間半以内に血管外科医に来てもらわないとならない。だが彼女は、いま下の階にいて手が離せないんだ。側副動脈圧による出血を防ぐために、裂け目の反対側にも同じ処置を施す必要がある。準備はいいか?」

「ああ」

「それじゃあ、もう一度二頭筋を脇へ寄せるから、また新しい鉗子を使って裂け目の反対側を押さえてくれ。できるだけ裂け目の近くをはさむんだ。スポンジを用意して。行くぞ」

　ネイサンは裂け目の下側を難なくはさんだ。出血はだいぶおさまっていたが、医師の言ったとおり、裂け目の下側は血がにじみでていた。

「傷口にガーゼをしっかりと巻いてくれ。鉗子はそのままでいいから。それから、頭の傷の周りの髪を切って、傷口をきれいにしてからガーゼをかぶせて。テープで留めなくていい。傷口に髪が触れないようにするんだ。点滴に注意して。数分後に新しいのに換える必要がある。うちのスタッフが来るまでもう少し手伝ってもらえるか?」

「ああ。大丈夫だ」

「ありがたい」医師がネイサンの顔をじっと見た。「きみも過去に痛手を負ったみたいだな。頭蓋内圧モニターの接続の仕方は知っているか?」

「あいにくだが」

「気にするな。できることをやればいい」医師が次の患者の前に移動した。ネイサンは女性の腕にガーゼを巻きはじめた。

「彼女はアシュリー・バンクス特別捜査官だ」ヘニングが言った。

「生理食塩水の点滴袋を持ってこい」

ヘニングは動こうとしなかった。

「ヘニング！」

「わかったよ、すぐに持ってくる」

その後二〇分間、ネイサンは手袋を何度も替えながら、医師や看護師や救急救命士(EMT)たちの手伝いをした。ヘニングとともに主に配達の仕事をし、機械や器具や包帯を必要としているところへ届けた。そのあいだずっと、ホリーを捜していたが、見つからなかった。緊急手術を受けているに違いない。きっと手術の真っ最中なのだ。誰かに質問して邪魔をしたくなかった。いまはそんなことをしている場合ではないし、ここに彼女の容体がわかる人はいないだろう。忙しくして、仕事に集中するよう努めた。

時間が経つにつれ、病院のスタッフが続々と到着した。五〇名近くの医師や看護師たちが集まった頃には、部屋の雰囲気はいくらか落ち着いていた。ネイサンはここで働いている献身的な人々に尊敬の念を抱いた。少しのあいだ手伝っただけなのに、何時間も働いたかのようにへとへとになっていた。負傷者のほとんどが程度の差はあれ火傷を負っていて、肉の焦げたにおいが充満している。ネイサンは血だらけの光景には慣れているが、ヘニングはそうではない。それを考えると、よく耐えていた。


オフィスのドアをノックする音がしたとき、ストーン・マクブライド上院議員は電話中だった。彼は受話器を手で覆って言った。「どうぞ」

秘書が入ってきて、ストーンにメモを渡した。〝リーフ・ワトソンから二番にお電話です。超緊急〟。ストーンがうなずくと、秘書は部屋を出ていき、ドアを閉めた。

ストーンは電話の相手に言った。「スコット、賛成投票を約束することはまだできない。議案を全部読んでいないんだ。大きな問題はなさそうだが。あと一日か二日時間をくれないか。最新の投票数は？　そうか、なかなかのものだな。そろそろ切らないと。長くても二日だ……わかった、昼食を一緒にとろう……じゃあまた」ロビイストめ、と思いながら、二番を押した。「やあ、リーフ」

「テレビをつけてください」

「何チャンネルだ？」

「どれでもかまいません」

ストーンは胃がねじれるような感覚に襲われた。リモコンをつかんで椅子を回転させ、電源ボタンを押した。ＦＯＸニュースが画面に映しだされた。ヘリコプターから撮影した映像だ。二階建ての建物の周囲の道に、赤と青のライトを点滅させた緊急車両が何十台も並んでいた。建物の片側に大きな穴が開いていて、そこから黒い煙が空高く上がっている。はしご車が穴に向かって水を噴射していた。

ストーンは音量を上げた。

シェパード・スミスの声が聞こえた。「……ＦＢＩサクラメント支局で爆破事件が発生しました。死傷者の数に関する情報は入ってきていません。地元警察によると、これは明らかに事故ではなく、テロリストによる犯行であるとのことです。爆弾が爆発したのは太平洋標準時刻の午前一〇時――」

「全員集合させろ」

「すでに向かっているところです」ワトソンが答えた。

戸口に秘書が現れた。「大統領から三番にお電話です」

ストーンはうなずいた。「リーフ、カリフォルニアで押収した爆弾の化学分析結果を入手して、今回の爆弾と一致するかどうか調べてくれ。できるだけ早くだ。クアンティコに、きみから連絡が入ることになっていると伝えておく」電話を切ると、点滅しているボタンを押した。「ミスター・プレジデント」

「ストーン、情報が入り次第報告してくれ」

「承知しました」

「いまの段階での推測は？　アルカーイダか？」

「いいえ、確証はありませんが、数日前にカリフォルニアで行った襲撃と関係があるはずです。ＦＢＩが狙われたのが、しかもサクラメントで起こったのが偶然だとは思えません。これはきっと復讐が動機の犯行です」

「何か必要なものはあるかね？」

「時間が必要です。いまわたしの部下が、残留物の分析をしているところです。押収したセムテックスと一致するはずです」

「その結果はいつ出る？」

大統領と話をする際に、忘れてはならないことがひとつある――決して、絶対に嘘をついてはならない。わからないときは、正直にそう言うのだ。「わかりかねますが、二四時間以内には」

「言わなくてもわかっているだろうが、ストーン、これは大変な騒ぎになるぞ。昨日、襲撃に関する記者会見を開いたばかりだからなおさらだ。すべてのキー局でぶっ通しで報道されるだろう」

「承知しております、ミスター・プレジデント」

「きみの電話は必ずつなぐよう言っておくから、連絡してくれ。一〇〇パーセントの確証が欲しい」

「承知しました」

そこで電話が切れた。大統領は決して別れの挨拶をしない。会話が終わると、ただ電話を切るのだ。

ストーンはインターホンのボタンを押した。「ハイジ、クアンティコ物質研究所のケヴィン・ラムズランドに至急つないでくれ。オフィスにいなければ呼びだささせて電話に出るまで待つんだ。ランシング長官にも連絡する必要があるが、ラムズランドを優先するように」

ストーンは眉間(みけん)にしわを寄せた。サクラメント支局勤務のラリー・ギフォードは無事だろうか。ネイサンもその周辺にいることを思いだすと、しわはさらに深くなった。めったに連絡しないが、息子の電話番号は短縮ダイヤルに登録してある。

ネイサンに電話をかけようとした矢先、インターホンからハイジの声が聞こえてきた。「ケヴィン・ラムズランドと一番でつながっています」

ストーンは一番を押して受話器を取った。「ラムズランド特別捜査官、すまないね」

「とんでもない、上院議員」

「リーフ・ワトソン特別捜査官が爆弾の残留物の分析を大至急要請している。個人的に取り計らってくれないか？」

「もちろんです。すでにラボに命じてあります。物質が届くのを待っているところです」

「分析にどれくらいかかる？」

「最良の結果を得るためには、少量のサンプルを爆発させて、サクラメントの残留物と比較する必要があります。一時間もかかりません。どなたかに飛行機で直接届けてもらうことはできませんか？　時間がだいぶ節約できます」

「手配しよう」

「犯人は誰なんですか、上院議員？」

「一〇〇パーセント断言はできないが、見当はついている」

「怒りを抑えられません」

「その怒りを仕事にぶつけるんだ、ミスター・ラムズランド」

「全員そういう気持ちでのぞんでいます」

ストーンはインターホンのボタンを押した。「ランシングに連絡は取れたか？」

「電話中でした」ハイジが答えた。「一五分以内に折り返し電話が来ることになっています」

「リーフに電話して、サクラメント支局の防犯カメラの映像のコピーを入手するよう言ってくれ。それから、フリーダムズ・エコーで押収したセムテックスのサンプルと、サクラメント支局の爆弾の残留物を、ＦＢＩの人間に飛行機で大至急クアンティコへ届けさせるように。一番早い便で。五時間以内にクアンティコの飛行場に届けてほしい。なんなら、カリフォルニア州空軍のストライクイーグルのうしろの席に乗せてもいい。そう伝えてくれ」

13

ネイサンは携帯電話の音で目が覚めた。一瞬、自分がどこにいるかわからず、すばやく周囲を見まわした。ＥＲの待合室だ。ホリーは生きているが手術中だということを確認したあと、ここに来てすぐに眠ってしまったのだ。時計を見ると、四時間が過ぎていた。真向かいに座っているブルース・ヘニングも居眠りしていたが、電話の音に起こされたようだ。画面を見ると非通知でかけられていた。

「もしもし」

「ミスター・マクブライドか？」

「誰だ？」

「イーサン・ランシング長官だ」

ネイサンは返事をしなかった。

「聞こえているか、ミスター・マクブライド？」

「はい」

「きみたちに許可を与えることにした。だが次に連絡があるまで何もするな」

電話が切れた。

ヘニングは悪夢を見たような顔をしていた。「ホリーが目を覚ました。脳圧を軽減するために、緊急手術が必要だったんだ。きみと話をしたがっている」

「どんな様子だった？」

「あまりよくない。この一時間、意識を取り戻したり失ったりしている。モルヒネを大量に投与されたんだ」

「火傷の具合は？」

「どうして知っているんだ？」

「彼女の携帯電話に電話したんだ。救急隊員が教えてくれた」

「ほとんどが脚と背中で、それほどひどくない――彼女のいた場所を考えれば。医者の考えでは、何か大きなもの――机とか椅子とか、そういうものが頭にぶつかったらしい」

「事件が起こったとき、きみはどこにいたんだ？」どうしてこれまで疑問に感じなかったのだろう、とネイサンは思った。

「二階の一番端だ。空気が……一瞬、揺らいだように感じた」

「圧縮波だ。耳の調子はどうだ？」

「いまも耳鳴りがする。おさまってくれるといいんだが」

「おさまるよ。一日か二日かかるかもしれないが。彼女に会わせてもらえるか？」

「ああ、もちろん。きみを起こしたくなかったんだ。その……ええと……襲撃のとき、妻の命を救ってもらったのに、ずっと礼を言っていなかった」ヘニングが無理やり笑みを浮かべた。「あいつはきみを殺そうとしたんだってな」

「だが殺さなかった。彼女は無事なのか？　建物の中にいたんじゃないか？」

「いや、いなかったんだ」

「おれはきみたちの味方だ」

ヘニングがうなずいた。「いまならわかる。失礼な態度を取ってすまなかった」

「それはおれもだ」

「面会は手短にすませてくれるか？　睡眠をとらせないと」

「もちろんだ」ネイサンはヘニングのあとについて歩き、四人の警官とすれ違いながらサクラメントのＥＲのロビーを通り抜けたあと、蛍光灯に照らされたせまい廊下を進んだ。

エレベーターにたどりつき、ヘニングがボタンを押した。「二一人が死亡した。五八人が重傷を負い、そのうち七人が危篤状態だ」

ネイサンは何も言わなかった。

「犯人はわかっている。きみは追跡するのか？」

「当然だ」

「わたしも協力したい。何かやれることはないか？」

ネイサンはヘニングと向きあった。「きみは勤勉で誠実な公務員だ、ヘニング。シンプソン主任捜査官がそう言っていた。おれたちに関わったら、これまで積みあげてきたものが台なしになってしまう。高くつきすぎる」

「そんなことは関係ない。わたしは本気だ」エレベーターが到着し、チャイムが鳴った。

ふたりは中に乗りこみ、扉が閉まるのを待った。「自分たちの借りは自分たちで返す」ヘニングが三階のボタンを、必要以上に強く押した。

ネイサンは恩着せがましく聞こえないよう気をつけながら言った。「なあ、汚れ仕事ならおれに任せておけ。いざとなったら憲法なんて気にしない。ルールに従わない相手に、フェアプレーをするなんてばかばかしい。おれとハーヴィーがあいつらを捜すとなったら、汚い手を使うこともあるだろう。おれが汚いと言ったら本当に汚いぞ」

「必要なものを言ってくれたら、わたしが用意する」

「まず、ＮＣＩＣにアクセスしたい。ナンバープレートやら住所やら電話番号やら、そういった情報が必要になるだろうから」

ヘニングは財布から名刺を取りだし、裏に番号を書いた。「わたしの携帯電話の番号だ。いつでも連絡がつく」

「大きなリスクを背負うことになるぞ」

「このままだと夜も眠れない」

「このことはきみとハーヴィーとおれだけの秘密だ。ホリーに話すかどうかはきみ次第だ。状況を考えれば、彼女が反対するとは思わないが」

エレベーターが三階に到着し、扉が開いた。数時間前とは打って変わって静かだった。ナースステーションに人がいて、ストレッチャーは片づけられていた。床の血は拭き取られ、肉の焦げたにおいも消えている。左側に座っていた警官に向かって、ヘニングがうなずいた。ネイサンはヘニングのあとについてナースステーションへ行き、名乗ってから記録簿にサインした。ホリーの部屋は三一二号室だった。そこへ向かうあいだ、ピアノバーでホリーも手伝うと言ってくれたことをヘニングに話すかどうか迷ったが、やめておいた。ホリーの信頼を裏切りたくない。ふたりのあいだで話したことを勝手に打ち明けるわけにはいかなかった。ホリーからヘニングに話すのなら問題ない。それから、ランシング長官の信頼を裏切るつもりもなかった。ホリーと話したのは、ランシングから許可を与えるという電話がかかってくる前のことだ。具体的に何を許可するというのだろう？　だがいまは、そんなことを気にしてはいられない。結果がどうなろうと、自分のやりたいようにやるしかない。〝皆殺しにして、あとは神に任せろ〟ということわざが通用するとは思っていないが。

「何を考えているんだ？」ヘニングがきいた。

「次の手だ」

「どうする気だ？」

ホリーの部屋の前にたどりついた。ドアは閉まっている。

ネイサンは小声で言った。「ブリッジストーンと関係のある人物を探すつもりだ。きみが力を貸してくれると助かる」

「まず何を調べるんだ？」

「アーニー・ブリッジストーンがUSDBに服役していたときの面会記録を調べる。誰か見つかるかもしれない。昔のガールフレンドとか飲み仲間とか。レナード・ブリッジストーンがイラクとシリアの国境に駐屯していたときに接触していた人物も調べるつもりだ。そこでセムテックスの取引が始まったんだと思う。それから、金融機関の内部にマネーロンダリングをする共犯者がいたはずだ。元士官か兵士だと思うが、その知り合いかもしれない。そこできみの出番だ。おれが名前を挙げる人物に関してFBIが持っている情報をすべて提供してほしい」

「了解」ヘニングはドアを開けて脇によけると、小声で言った。「五分以内にしてくれ」

ネイサンは部屋の中を見た瞬間、思わず涙をこぼしそうになった。

ホリー・シンプソンがあおむけに寝ていた。頭頂部の左側の毛が剃られ、ガーゼで覆われている。脱臼した両肩はバンドで固定され、ガーゼを巻かれた脚は、皮膚の接触を最小限にするための鋼鉄製の装具で保護されていた。火傷のせいだ。真っ白のガーゼに、ところどころ赤と黄色の染みができている。両手首に点滴を受けていて、心電図モニターのビープ音だけが静かに鳴り響いていた。

ホリーが目を開き、ネイサンのほうに顔を向けた。「あいつらに見つかったみたいね」

「やあ」

「ひどい格好をしているでしょう」

「ホリー、かわいそうに」

「水を取ってもらえる？」

ネイサンはベッドに近づくと、カップを持ってストローを彼女にくわえさせた。

ホリーはひと口飲んだあと、無理やり微笑もうとした。「ありがとう」

「もっと飲むか？」

ホリーがうなずいた。

ネイサンは彼女に好きなだけ飲ませた。「いま何時？」ホリーがきいた。

「午後二時半を過ぎたところだ」

「ベッドを少し上げてくれる？」

「ああ」ネイサンはコントローラーに手を伸ばしてボタンを押した。電動機が小さな音をたてる。ホリーは必死に隠していたものの、痛みに顔をこわばらせているのがわかった。

「このくらいでいいわ。ありがとう。この部屋にはテレビがないから、まだニュースを見ていないのよ。犠牲者の数は？」

「二一人。七人が助からないかもしれない」

ホリーの目に涙が浮かんだ。「もっとセキュリティーを強化しておくべきだったわ。門衛を増やすべきだった」

「ホリー、そんなことを考えるな。増やしていたらその門衛も殺されていただろう。後悔してもしかたがない」

「ランシング長官から電話があったの」

ネイサンは話の続きを待った。

「たくさん質問されたわ。あなたのことを。特に、あなたがどんな人かについて」

「困ったな」

ホリーがどうにか微笑んだ。「あなたが電話で何を要求したかを聞いたわ。それでわたしたちは、あなたを参加させることで意見がまとまったの」

「長官の信頼を裏切るつもりはなかったが、きみがすでに知っているんだったら話せる。さっき電話があって、許可を与えると言われたんだ」

「犠牲者のひとりはラリー・ギフォードだと、長官から聞いたの」

ネイサンは首を横に振り、拳を握りしめた。〝ブリッジストーンめ〟「本当に残念だ」

「わたしもよ。ブルースも来ているの？」

ネイサンはうなずいた。

ネイサンはドアを開けた。ヘニングは少し離れたところに立っていた。盗み聞きしていると思われたくなかったのだろう。「ホリーが呼んでいる」

ネイサンとヘニングがベッドのそばへ行くと、ホリーが話しはじめた。「ゆうべ、ネイサンに協力すると約束したの。でもこうなってしまったからあなたに託すわ。ふたりともそれでいい？」

ヘニングが答えた。「わたしたちはもう味方同士です」

「それならよかった」ホリーがふたたび痛みに顔をこわばらせた。「彼に必要なＮＩＣの情報を提供してね」

「了解です」

「ランシング長官の許可も得ているから。ＤＣからリアを飛ばしているそうよ。ネイサンが自由に使えるように。どこへでも行きたいところへ行けるようにって。でも、あなたを直接関わらせたくはないの。サポートするだけにして」

「了解です」

「ブリッジストーンが警備小屋にメッセージを残していたの。〝同じことがさらに続くぞ〟って」

ネイサンは首を横に振った。

「うちの文書班が、紙の種類や使われたプリンターを特定しようと調べているわ。運がよければ何か見つかるかも。長官は全支局と出張所のセキュリティーを強化した」ホリーが目を閉じた。「あいつらを見つけて、ネイサン。こんなこと、二度と起こってはならないわ」

「任せておけ」

エレベーターでロビーに降りるまでのあいだ、ヘニングは必死に怒りを隠そうとしていたが、ネイサンはそれを感じ取らずにはいられなかった。

エレベーターから出ると、ヘニングが言った。「こんなことができるなんて、人間じゃない」

「おれたちのほとんどが備えている安全装置が、あいつらには欠けているんだ。弟を殺されたことに対する復讐として正当化している」

「またどこかの支局がやられると思うか？」

「どうかな。メッセージは本当の標的から注意をそらすための陽動作戦のような気がする」

ヘニングは何も言わなかった。

「おれのことだ」


ハイアットに到着すると、ヘニングは車を停めてエンジンを切ったあと、わざわざ車から降りてネイサンと握手をした。「リアが到着したらすぐに連絡する。最初にどこへ行く？」

「カンザス州のレヴンワース砦にあるＵＳＤＢだ」

「ＵＳＤＢ？」

「アメリカ合衆国教化隊のことだ。旅客機で行くとなると時間がかかるから出向くつもりはなかったんだが、リアなら砦に直行できる。アーニー・ブリッジストーンのカウンセリングをしていた精神科医と話がしたいんだ。ファイルによると、アーニーはそこに入っていたときに殴られて死にかけたらしい。そういった出来事を乗り越えるには、刑務所の精神科医の助けが必要だっただろう。その精神科医がアーニーの精神状態や私生活について、何か役立つことを知っているかもしれない。どんな手掛かりでも見逃したくない。その医者が守秘義務とやらを振りかざさずに、進んで話してくれることを願うばかりだ」

「状況を考えれば、なんでも話してくれると思うが」ヘニングがにやりとした。「もし協力してくれなかったら、勤務時間後に訪ねればいい」

「きみもわかってきたじゃないか」

「なあ、ICUで手伝ってくれて感謝している。あんなこと、本気で言ったわけじゃないんだ。きみのせいじゃない」

「いいんだ」

「ホリーの容体に変化があったら連絡する」

「少しは眠ったほうがいい、ヘニング特別捜査官。眠れるときに眠る――海兵隊の基本的なルールだ」

ヘニングがため息をついた。「報告書を書かないといけないんだが、あとまわしにしてもいいだろう。実を言うと、ものすごく疲れているんだ。きみの言うとおり、耳鳴りがおさまってくれるといいんだが。頭がおかしくなりそうだ」ヘニングがセダンに乗りこみ、窓を開けた。

「ひと眠りするんだぞ、ヘニング。夜明け前にはレヴンワース砦に到着したい」

ネイサンはホテルの部屋に戻ると、ベッドに倒れこんだ。

「帰ってきたのか？」隣の部屋からハーヴィーが声をかけた。

ネイサンは天井を見つめた。「ああ」ハーヴィーがやってくる気配を感じて、きかれる前に答えた。「彼女は生き延びた。八本の骨と頭蓋骨を骨折して、Ⅱ度の火傷を負って、モルヒネでふらふらしているが、時間が経てば治る。脊髄(せきずい)や神経に損傷はなかった」

「不幸中の幸いだな」

「そのとおり。ブリッジストーンは警備小屋にメッセージを残していたそうだ。同じことがさらに続くぞとな」

「本気だと思うか？」

「どうかな。ヘニングにも言ったんだが、たぶん陽動作戦だと思う」

「だろうな。おまえがいないあいだに、いろんなことがあったんだ。廊下の向こうの部屋にうちの技術者ふたりがチェックインした。安全なファックス回線も用意したぞ。それから、ホーソーン大将に連絡を取った。今夜の八時までにアーニー・ブリッジストーンの面会記録をファックスで送ってくれるそうだ」

「でかした。ソーニーは元気だったか？」

「忙しそうだった。おまえの様子をきかれたぞ」

「なんて答えた？」

「あいかわらず、おまえを起こすときには三メートルの棒を使わなきゃならないって」

「笑えるな、ハーヴ」

「それから、湾岸戦争時にレナードが接触した人物のリストも送ってくれることになっている」

ネイサンは体を起こした。「ランシング長官から電話があった。許可をもらった。爆破事件で状況が変わったんだろう。ＦＢＩのリアまで自由に使わせてくれるそうだ。いまＤＣからこっちに向かっているところだ」

「嘘だろ？」

「ＦＢＩ全体がブリッジストーンの逮捕に躍起になってるってことだ。ヘニングでさえいまやおれたちの味方だ」

「数日前とはえらい違いだな。信用されたってことか」

「いや、そうとは言いきれない。ヘニングは長官のスパイじゃないかと思ってる」

「ヘニングをつきまとわせて、おれたちのことがばれないようにするってわけか。あまり深読みしたくはないが。まずどこへ行くつもりだ？」ハーヴィーがきいた。

「レヴンワース砦だ」

「面会記録なら今夜手に入る。なんのためにあそこへ行くんだ？」

「アーニー・ブリッジストーンの頭の中をのぞきたいんだ」

「刑務所の精神科医に会いに行くんだな？」

「ああ」

「電話ですむだろう」

「面と向かって話を聞きたい」

「わかった。手配しておく。おれもアーニーの人脈を調べたい。おまえの言ったとおり、運がよければ、その中のひとりが金融機関に勤めているかもしれないからな」

ネイサンはふたたびベッドにあおむけになった。「三時間後に起こしてくれ」

「ああ。おれは向こうの部屋へ行って、部下の様子を見てくる」


ネイサンは目をぱっと開けた。またしても自分がどこにいるかわからなかった。周囲の光景が徐々にはっきりしてきて、コーヒーメーカーが置いてある窓辺のテーブルのそばにハーヴィーが立っているのが見えた。

「どれくらい眠ってた？」ネイサンはきいた。

「三時間きっかりだ。一時間くらい前に、ヘニングからおまえに電話があった。午後一一時半にリアが到着する予定だそうだ。折り返し電話をくれと言っていた」

「面会記録は届いたか？」

「ああ。レナード以外に頻繁に訪ねていた人物がいた。アーニーがペンサコーラの海軍航空基地で教練教官をしていた頃に結婚していた元妻だ。名前はアンバー・ミルズ・シェルダン。追ってみる価値はある」

「ああ。住所はわかっているのか？　電話番号は？」

「面会記録に書いてあるが、古いからな。部下に調べてもらってるところだ。彼女がＮＣＩＣに入っているかどうか確認しよう。入っていれば、最新の情報がわかる」

「ヘニングに頼むよ。ほかに面会していた人物はいたか？」

「ひとりもいない」

「驚きはしないよ。湾岸戦争のときのレナードの人脈のリストはどうなった？」

「明日の朝まで待たなきゃならない」

「明日の昼にはここに戻ってくるつもりだ」

「運がよければ、その頃には出発点が見つかっているかもしれない」

「そうだな」そのとき、ネイサンの携帯電話が鳴った。非通知だ。「もしもし？」

「ネイサンか？」

「親父」ハーヴィーに席を外したほうがいいかどうか身振りで尋ねられ、首を横に振った。

「いま大丈夫か？」

「ずいぶん遅くまで働いているんだな」

「そういう仕事だからな。話がある」

ネイサンは何も言わなかった。

「そっちで忙しくしているそうだな」

いまのは感謝の言葉のつもりだろうか？「ああ、ハーヴと一緒だ」

「襲撃の際に威嚇射撃を行って、大勢の命を救ったと聞いた。本当によかった」

「フランク・オルテガに頼まれたんだ」

「本人から聞いている。おまえがランシング長官と話をしたがっていることも聞いた」

「もう話した」〝どうせそのことも知っているんだろ〟ネイサンは心の中でつけ加えた。

「どんな話をしたのかきいてもいいか？」

「ハーヴとおれはブリッジストーンを追っている」

「そうか」

「今日、ＦＢＩ職員二一名を殺害する前に、やつらはジェームズ・オルテガを叩きのめし、指を六本切り落としたあと、生きたまま火をつけた」沈黙が流れた。「聞こえているか？」

「ああ」

「そのあたりのことはフランク・オルテガから聞いていないのか？」

「ああ、聞いていない。わたしも尋ねなかった」

ふたたび沈黙が流れた。どうして報告がなかったのだろうと、父が考えているのがわかった。ワシントンでは情報は力だ。「あいつらを捕まえて、尋問しなければならない。親父も残りのセムテックスの行方を突きとめたいだろ？　こんな事件が起きたんだから、なおさら」

「ＦＢＩが自分たちでやるだろう。おまえは必要ない」

ネイサンはため息をついた。

「おまえは手を引いて、あとはＦＢＩに任せろ。わたしは――」

「なんだ？」

「わたしは、おまえが復讐に乗りだしたとしても、守ってやれない」

「これは復讐じゃないし、親父に守ってもらう必要もない」

「おまえはもう外国で働くＣＩＡの職員じゃないんだ。ここはアメリカ合衆国だ。通りで人をさらって、尋問することなどできない」

「それはどうかな」

「やれやれ、ネイサン。ここはナチス・ドイツじゃないんだぞ。おまえの野蛮なやり方は、違法で悪辣だ。あきらめろ。おまえの出る幕じゃない」

「くだらない。どっちにしろ、ブリッジストーンは捕まるんだ。FBIに先を越されたって、おれは別にかまいはしない。手を引けと警告するためにかけてきたのか?」

「このまま追跡を続けて刑務所に入れられるはめになっても、おまえを助けてやれそうにない」

「ニカラグアでは助けてくれたか?」

「そんな言い方をするな。おまえがどこで……とらわれているのかさえわからなかったんだから」

「はっきり言ったってかまわないよ、親父。拷問されたって。ただの言葉だ。親父はおれがどこで拷問されているのかわからなかった。三週間ものあいだ」

「警察は——わたしはおまえを捜しだせなかった」

「そうか。ハーヴは捜しだせたけどな」

父は何も言わなかった。

「どうやったか知ってるか？　通りで人をさらって、尋問――」

「その話なら知っている」ストーンはネイサンの言葉をさえぎった。

「フランク・オルテガは親父とは大違いだな。行方不明の孫息子を見つけだすために、あらゆる手を尽くした。そのためなら、ろくでなしどもの憲法上の権利を無視することもいとわなかった。人権侵害についての講義なら間に合ってるよ。おれは身をもって体験したから」

「電話をしたのは明らかに間違いだったな」

「そのとおり。最後にもうひとつ。言うべきかどうか迷っていたが、もうどうだっていい。ブリッジストーンは、末の弟を殺したスナイパーがおれだということを知っている。おれの父親が誰かってことも。つまり、おれたちは標的にされる。気をつけろよ、上院議員、明らかに事件はまだ終わっていないんだから」

ネイサンは電話を切ると、ベッドの上に放り投げた。目を閉じて、ゆっくりと呼吸をしながら上を向く。窓辺の椅子に座っていたハーヴィーが、身動きする気配を感じた。一分以上沈黙が続いたあとで、ネイサンは口を開いた。「ちょっと興奮しすぎたな」

「ああ」

「挑発しちまった」

「ああ」

「ほかに言うことはないのか？」

ハーヴィーがにやりとした。「おまえは怒ると耳が赤くなるのを知っていたか？」

「まさか、そんなはずない」

「いや、なるんだ。鏡を見てみろよ。また壊すなよ」

「うるさい、ハーヴ」ネイサンはバスルームに入り、明かりのスイッチを入れた。取り換えられたばかりの鏡の前に立つと、頭を左右に動かしてよく見た。「まいったな」顔に水をかけたあと、洗面台に寄りかかった。

「ちゃんと耳も濡らせよ」ハーヴィーが大声で言った。「血管が破裂したら大変だ。ただでさえ醜い耳なんだから」


（下巻へ続く）

相剋(そうこく)のスナイパー〔上〕

2017年10月26日　初版第一刷

著　者　アンドリュー・ピーターソン
訳　者　水野涼
デザイン　坂野公一(welle design)

発行人　後藤明信
発行所　株式会社 竹書房
〒102-0072
東京都千代田区飯田橋2-7-3
電話03-3264-1576(代表)
03-3234-6383(編集)
http://www.takeshobo.co.jp
印刷所　中央精版印刷株式会社

定価はカバーに表示してあります。
乱丁・落丁の場合には竹書房までお問い合わせください。

ISBN978-4-8019-1117-8　C0197
Printed in Japan